Die Schöne?

So ein Biest!

Katharina Schreiber

Die Schöne?

So ein Biest!

Wohnmobil-Krimi Nr. 1

Bibliografische Information der Deutschen National-bibliothek: Die Deutsche Nationalbibliothek verzeichnet diese Publikation in der Deutschen Nationalbibliografie; detaillierte bibliografische Daten sind im Internet über dnb.dnb.de abrufbar.

Die Entstehung des Buches wurde gefördert durch ein Projektstipendium des Programms „IM FOKUS – 6 Punkte für die Kultur" der Stiftung Rheinland-Pfalz für Kultur.

Weitere Infos über Buch und Autor finden Sie unter www.womo-krimi.de. Die Landkarte auf dem Buch ist von www.openstreetmap.org.

Herstellung und Verlag:
BoD – Books on Demand, Norderstedt
ISBN: 9 783752 641479

Widmung

Dieses Buch widme ich allen
Verwandten und Freunden in der Pfalz –
und gern auch allen Pfalzliebhabern
aus dem Rest von Deutschland und
aus der ganzen Welt!

Inhaltsverzeichnis

Über Charlotte und Elisabeth

In diesem Wohnmobilkrimi werden Ihnen einige Personen begegnen. Wie bei einem Krimi üblich wird es Täter und Opfer geben, dazu mögliche Verdächtige und natürlich auch ein oder mehrere Ermittler.

Die Hauptpersonen sind jedoch Charlotte und Elisabeth, von ihren Angehörigen und Freunden manchmal auch Lotte und Lise genannt.

Die zwei Schwestern sind Zwillinge – auch wenn das auf den ersten Blick nicht deutlich wird, denn als zweieiige Zwillinge sehen sie sich nicht sehr ähnlich. Beide sind inzwischen nicht mehr berufstätig und haben als Rentnerinnen genug Zeit, um jetzt regelmäßig mit ihrem frisch angeschafften Wohnmobil auf Tour zu gehen.

Beide sind auch Singles: Charlotte Schönburg ist schon seit langer Zeit geschieden, Elisabeth Frey war viele Jahre glücklich verheiratet, bis ihr Mann Georg ein knappes Jahr vor der ersten gemeinsamen Reise nach kurzer Krankheit verstorben ist.

Trotz des Single-Daseins sind beide nicht alleine, sondern von Familienangehörigen umgeben: Charlotte hat eine Tochter namens Claudia, die in der IT-Branche arbeitet, und eine Enkeltochter, die zwar auf den Namen Charlotte getauft ist, jedoch Charlie gerufen wird.

Elisabeth hat zwei erwachsene Kinder und zwei Enkel im Teenageralter: Sohn Simon ist unverheiratet geblieben, aber Tochter Susanna ist mit Karsten Schlüter verheiratet, Elisabeths Enkelkinder heißen Moritz und Miriam. Zu Elisabeth gehört noch der Hund Benni. Damit kennen Sie jetzt die beiden Schwestern und ihre Familien.

Wer in diesem Krimi sonst noch eine Rolle spielt? Fangen Sie einfach an zu lesen, nach wenigen Seiten werden Sie die nächsten Figuren kennenlernen. Viel Spaß dabei!

Prolog

Bevor die eigentliche Kriminalgeschichte losgeht, leidet Elisabeth still vor sich hin. Und so ist es hilfreich, dass ihre Schwester Charlotte sie besucht – und sie am Ende an einen gemeinsamen Traum aus ihrer Kindheit erinnert.

Als es an der Tür klingelte, wollte ich nicht aufmachen. Ich sah verheerend aus. Ich wollte mich so nicht sehen lassen. Und außerdem war es mir zu viel, überhaupt vom Sofa aufzustehen. Also blieb ich liegen und vergrub mich noch tiefer unter der Decke.

Es läutete noch einmal. Und noch einmal. Und dann fing es an Sturm zu klingeln. Schließlich stand ich doch auf und schlurfte müde zur Tür.

Als ich aufmachte, kam Charlotte rein und nahm mich fest in den Arm. „Elisabeth, deine Kinder und ich haben uns Sorgen gemacht", sagte sie und schaute mich ernst an. Sie schloss die Tür und brachte mich in die Küche. „Setz' dich hin, ich mach' uns erstmal einen Tee", erklärte sie.

Ich war den Tränen nah. Ich war schon die ganze Zeit nah am Wasser gebaut, aber heute war es ganz besonders schlimm. Georgs erster Todestag. Nach mehr als 45 richtig guten und glücklichen Ehejahren.

„Eigentlich brauche ich gar nicht fragen, wie es dir geht", räusperte sich Charlotte, während sie Tassen aus dem Schrank holte. „Ich sehe ja nur zu deutlich, dass es dir nicht gut geht, aber erzähl' mir trotzdem, wie du dich fühlst".

„Mir ist zum Heulen, ist ja kein Wunder", entgegnete ich schniefend. „Es waren ja schließlich fast 50 Jahre, die Georg und ich zusammen waren und die Zeit ging viel zu schnell vorbei. Kaum waren die Kinder groß, kaum waren wir in Rente und wollten unser Leben endlich genießen, kam die blöde Krankheit und hat ihn mir genommen. Ohne ihn fühle ich mich wie ein halber Mensch! Ich bin zu nichts zu gebrauchen. Ich komme noch nicht mal mit diesem Online-Banking klar, da hinten im Eck stapeln sich die Rechnungen und mir ist alles zuviel. Ich schaffe das alles nicht!". Und prompt flossen die Tränen richtig los.

Charlotte setzte sich mit dem frisch gebrühten Tee und ein paar Keksen zu mir an den Tisch. Als die Tränen immer weiterliefen, nahm sie mich in den Arm und drückte mich fest. Jetzt heulte ich wieder los, dieses Mal vor Rührung. Sie war immer die stärkere von uns beiden gewesen und war schon in unserer Kindheit immer für mich da, wenn ich sie brauchte.

„Wie sieht es denn mit Hilfe bei diesen Alltagsdingen aus?", fragte sie.

„Natürlich würden die Kinder mir helfen, aber ich will sie doch nicht wegen jeder Kleinigkeit behelligen, sie müssen doch ihren eigenen Alltag bewältigen. Simon hat mit seiner Selbständigkeit in seinem Detektivbüro immer viel zu tun und Susanna hat ihre Familie und den Beruf und jetzt noch das neue Haus mit dem Garten. Ich will ihnen da nicht zur Last fallen!"

„Ach, Liebes", sagte Charlotte leise, „deine Kinder haben durchaus den Eindruck, dass du ihre Hilfe nicht willst und sie abwimmelst, dabei wären sie gern für dich da, sie wissen ja auch, wie sehr Georg dir fehlt".

„Weißt du, es ist ja nicht nur, dass er mir als Mensch fehlt, es sind ja auch die vielen alltagspraktischen Dinge, in denen ich mich so hilflos fühle, er hat sich doch in all diesen Jahren um alles gekümmert. Er war nicht nur meine große Liebe und mein Mann, er war auch mein Ratgeber und Entscheidungshelfer, mein Hausverwalter, mein Gärtner, mein Chauffeur, mein Steuerberater, mein Möbelverrücker, mein Reifenwechsler, er war mein und alles ... und ich allein bin nichts! Ich bin mir unsicher, wer ich überhaupt bin und was ich überhaupt noch kann" – und prompt liefen die nächsten Tränen.

Charlotte drückte mich wieder ganz fest. „Weißt du, ich denke gerade zurück, als Georg die Diagnose bekommen hatte ... da gab es doch ein Gespräch mit einem Arzt über die Phasen der Trauer und an irgendeiner Stelle nach der Phase der Wut kommt die Phase der Depression, erinnerst du dich? Kann es sein, dass du gerade mitten in dieser Phase drinsteckst?", fragte sie.

Ich versuchte nachzudenken, aber in meinem Kopf war es wie in einem Nebeltuch. Also zuckte ich nur mit den Schultern und flüsterte „vielleicht, ich weiß es nicht".

Mit einem Ruck richtete sich Charlotte auf. „Gut, dann will ich dir von einer Idee erzählen, die mir vor ein paar Tagen in den Sinn kam. Erinnerst du dich noch an Onkel Heinrich mit seinem Wohnwagen?"

„Ja, natürlich erinnere ich mich. Als Kinder waren wir hin und weg, wenn er mit seinem Wohnwagen zu einer Familienfeier kam und erzählte, welche Ecken in Europa er gerade entdeckt hatte", erwiderte ich.

„Und als Kinder hatten wir uns damals vorgenommen, wenn wir mal größer und älter sind, machen wir das auch!", ergänzte Charlotte. „Stattdessen hat unser beider Leben erst einmal eine andere Wendung genommen, mit Beziehung und Beruf und Kind und so weiter. Aber aufgeschoben ist doch nicht aufgehoben! Wie wäre es, wenn wir diesen Kindheitstraum als gemeinsames Projekt planen. Allerdings nicht mit einem angehängten Wohnwagen, sondern stattdessen mit einem Wohnmobil. Was meinst du dazu?", fragte sie und schaute mir direkt in die Augen.

Und so habe ich mich von Charlotte anstecken lassen, dass wir doch genug Zeit hätten, um ein bisschen per Wohnmobil die Welt zu entdecken.

Naja, die ganze Welt sollte es jetzt nicht sein, aber erst einmal einige Regionen in Deutschland erkunden und später vielleicht noch ein wenig von Europa sehen. Und Benni, mein treuer Vierbeiner, sollte auch dabei sein. Das war mir nämlich ganz wichtig.

Die Reise geht los

Charlotte überrascht Elisabeth – sie hat ein Wohnmobil für die gemeinsamen Reisen gekauft. Aber wohin soll die erste Reise gehen?

Es dauerte keine vier Wochen, da hupte es vor der Tür. Als ich öffnete, stand Lotte da mit einem Grinsen im Gesicht und sagte einfach nur: „Elisabeth, morgen früh geht's los!".

Ich schaute sie mit großen Augen an und wusste gar nicht, was ich sagen sollte. Ich fühlte mich ganz fürchterlich unsicher und hatte Angst. Und dann fiel mir ein, dass ich gar nicht gepackt hatte und was wäre mit der Post und mit

Blumengießen und überhaupt: sind wir nicht schon zu alt dazu und ist das nicht viel zu gefährlich für uns zwei?

Aber Charlotte blieb wie immer die Ruhe selbst und sagte, ich solle mir keine Gedanken machen, zusammen würden wir das schaffen.

Als erstes ging es raus, das Wohnmobil anschauen. Es sah für sein Alter noch sehr gepflegt aus und war piccobello sauber. Charlotte wollte zuerst oben im Bett über den Fahrersitzen schlafen, mein Schlafplatz sollte eins der zwei Bett hinten sein, aber ich sagte gleich, das wäre Unfug, wir könnten doch beide in den zwei Betten hinten schlafen. Das Probeliegen war in Ordnung, jetzt galt nur noch, sich an die enge kleine Miniküche und an den winzigen Sanitärraum zu gewöhnen.

Bis zum Abend hatten wir alles geschafft. Das Gepäck war verstaut. Benni schwänzelte ganz aufgeregt, als auch Hundedecke und Hundefutter gepackt waren. Die Nachbarin bekam die Schlüssel für die Post und das Blumengießen. Hatte ich sonst an alles gedacht? War alles eingepackt? Immerhin war es für mich die erste Reise in einem Wohnmobil.

Bevor Charlotte am Abend im Gästezimmer schlafen ging, kam sie noch einmal zu mir ins Zimmer. „Und?", sagte sie, „wohin sollen wir morgen fahren, welche Gegend sollen wir als erstes unsicher machen?".

„Mir wäre lieb, wenn wir Stadtverkehr erst einmal meiden könnten, also lieber irgendwohin aufs Land", meinte ich. „Dann würde ich für die erste Fahrt die Pfalz vorschlagen", grinste Charlotte, „das weckt bestimmt schöne Kindheitserinnerungen". „Oh, das muss nicht viel geweckt werden", flüsterte ich, „wenn wir die Großeltern besucht haben, war es für uns immer wie im Paradies". „Also dann auf in die Pfalz morgen!", lachte Charlotte und drückte mich fest. Und Benni stürzte sich zwischenrein, um von uns beiden gekrabbelt zu werden.

Am nächsten Morgen sind wir früh aufgestanden und haben die letzten Vorbereitungen getroffen. Natürlich haben wir auch unsere Kusine Hedi angerufen und unser Kommen angekündigt. Sie freute sich sehr. Als eine heimatverbundene Pfälzerin, die sich in der Gegend bestens auskannte, konnte sie uns auch einen Tipp für die Übernachtung mit dem Wohnmobil auf einem Winzerhof geben. Für Wohnmobilanfänger wie uns war es auf einem Hof vermutlich erst einmal familiärer und damit auch leichter.

Dann ging es endlich los. Charlotte setzte sich hinters Steuer, ich schnallte mich auf dem Beifahrersitz an, Benni schlüpfte in den Fußraum. Jetzt war ich richtig aufgeregt. Für mich fühlte es sich erst einmal nach recht viel Nervenkitzel an. Hoffentlich würde alles gutgehen.

Der Überfall

War es nur Körperverletzung oder doch ein Mordversuch? Jedenfalls geraten Charlotte und Elisabeth gleich am Anfang ihrer ersten Fahrt in ein echtes Abenteuer.

Nach einer langen Fahrt mit einigen Baustellen und Staus hatten wir endlich den Rhein überquert und waren nach langer Zeit wieder in der Pfalz. Gemütlich fuhren wir die Weinstraße entlang in Richtung Norden, besuchten zwischendurch die Hardenburg, kehrten in Dürkheim im Riesenfass ein und waren auf Weg zum Weingut, wo wir mit unserem Wohnmobil die erste Nacht verbringen wollten.

„Wie weit ist es noch zum Winzerhof?", fragte ich Charlotte, die am Steuer saß, „Benni wird unruhig, ich glaube, der Hund muss mal raus".

„Naja, es sind schon noch ein paar Kilometer bis dorthin", erwiderte sie, „da ist es wohl besser, wenn wir kurz irgendwo anhalten".

Zwischen den Reben kam in der einsetzenden Dämmerung weiter vorne ein Gehölz in Sicht, dicht bewachsen mit Bäumen und Büschen. Charlotte setzte den Blinker und bog auf einen kleinen, unbeleuchteten Parkplatz ab, auf dem weiter hinten noch ein anderes Auto stand.

Ich nahm Benni an die Leine, stieg aus dem Wohnmobil und ging zum hinteren Ende. Plötzlich entdeckte ich vor dem Fahrzeug eine Handtasche. Bevor ich nach Charlotte rufen konnte, fing Benni lautstark an zu bellen und zu knurren und zog mich hinter sich her, auf einen schmalen

Pfad durch das Gebüsch. Plötzlich war schrilles Schreien und laute Rufe zu hören.

„Charlotte, komm' schnell!", rief ich laut. Es dauerte einen Moment, bis sie angerannt kam, aber sie bog weiter vorne ab in Richtung der Hilferufe. Ich ließ Benni von der Leine und ging so schnell ich konnte in diese Richtung.

Plötzlich raschelte es neben mir im Unterholz, jemand riss mich auf den Boden und lief davon. Beim Hinfallen sah ich aus den Augenwinkeln nur einen Mann davonrennen, in dunklem Kapuzenpulli, Jeans und sehr auffallend gemusterten Turnschuhen.

Ich rief nach Charlotte, die schnell zu mir kam und mir auf die Beine half. Mein Knie war leicht geprellt, sonst schien alles in Ordnung zu sein. „Hast du den Mann weglaufen sehen?", fragte ich sie. „Nein, habe ich nicht, aber da vorne ist eine verletzte Frau, richtig üble Schnittverletzungen, hast du dein Handy dabei? Wir müssen Polizei und Krankenwagen anrufen!".

Am Parkplatz war ein Motor zu hören, der sehr hochtourig auf die Landstraße abbog. Wir kehrten zur verletzten Frau zurück und fragten nach ihrem Namen oder ob wir einen Freund oder Angehörigen anrufen sollten. Aber außer dem Namen Jenny Schäfer konnten wir nichts aus ihr herausbekommen, dazu war sie noch viel zu panisch und wiederholte immer wieder, es ginge schließlich um ihre Schönheit.

Ein weiterer Fall für den Ermittler

In der Kriminaldirektion in Ludwigshafen läuft die Arbeit für alle Teams eigentlich immer auf Hochtouren – und auch Kommissar Sven Staiger hat mal wieder mehr als nur einen Fall auf dem Schreibtisch.

Der ganze Tag war für die Katz'. Das war jedenfalls bis zum späten Nachmittag Sven Staigers feste Meinung.

Gleich morgens gab es eine Besprechung mit dem Teamleiter, der mit Zahlenstatistiken und Quoten sein Team zu mehr Biss, Ehrgeiz und Erfolgen führen wollte. Auch an Staigers Erfolgszahlen arbeitete er sich ab. In letzter Zeit waren zu viele seiner Fälle unaufgeklärt geblieben. Woran es läge, wollte der Chef wissen. Staiger wusste keine Antwort und stammelte, dass ja sein Partner zur Zeit krank sei, woraufhin die Antwort kam, das wäre ja jetzt erst seit dem letzten Freitag der Fall.

Nach dieser unerfreulichen Teambesprechung bearbeitete Staiger Rückfragen zu einem Fall von Kindesmisshandlung von vorletzter Woche als eine Anzeige hereinkam wegen eines Übergriffs auf eine 16-Jährige morgens an der Bushaltestelle durch ein Rudel Halbwüchsiger. Die Beschreibung der Täter war nicht gerade hilfreich. Alle vier hatten dunkle Haare, dunkle Augen, trugen ähnliche Kleidung.

Noch so ein Fall, wo es schien, eine Nadel im Heuhaufen suchen zu müssen. Eine Videoüberwachung gab es an dieser Haltestelle jedenfalls nicht.

Am späten Vormittag verbreitete sich dazu intern die Meldung, dass ein Jugendlicher, der bereits öfter wegen Gewalt gegen Frauen aufgefallen war, bei der Gerichtsverhandlung an diesem Tag mal wieder mit einem Antiaggressionstraining davonkam. Der Richter hoffte wohl, mit einer solchen Maßnahme die Gewaltbereitschaft des Jugendlichen zu kurieren. Der Verteidiger hatte ganze Arbeit geleistet und das problematische Elternhaus hervorgehoben als einen gewichtigen Grund für ein mildes Urteil.

Wie so oft spielte das Opfer keine große Rolle und aus der Erfahrung der beteiligten Beamten würde der Jugendliche nicht viel aus der viel zu milden Strafe lernen. Es wäre keine große Überraschung, wenn in den nächsten Tagen oder Wochen ein anderes Mädchen die Fäuste des miesen kleinen Machos zu spüren bekäme.

Kurz vor Staigers Mittagspause kam noch ein Anruf seiner Freundin Kerstin, er solle bitte nicht vergessen, dass sie zum Abendessen bei ihren Eltern in Speyer eingeladen waren – zum ersten Mal, der Termin war daher superwichtig und Blumen mussten vorher auch noch gekauft werden. Also ging er in der Mittagspause los und kaufte in einem Blumengeschäft einen wundervollen Strauß blauer und gelber Blumen, die er bei diesem sonnigen Tag vorsichtshalber nicht im Auto ließ, sondern mit ins Büro nahm.

Der Nachmittag war angefüllt mit Zeugenvernehmungen. Je frischer der Fall, desto wichtiger war, schleunigst Verwandte und Freunde zu befragen. Staiger war genervt, von den frischen Fällen als auch von den älteren, die zwar inzwischen weniger dringlich waren, aber immer noch seinen Schreibtisch füllten.

Als gegen Abend der Anruf kam, eine junge Frau sei verschleppt und verletzt worden, hätte Staiger den Fall gern an einen Teamkollegen gegeben. Aber sein Partner Maier war seit Tagen krank, Bettina Schwarz war auf einer Fortbildung und Matthias Wenzel brachte seine Frau ins Krankenhaus, die Wehen waren bereits deutlich spürbar und kamen in kurzen Abständen; das Baby schien in den nächsten Stunden zur Welt kommen zu wollen. Wenigstens eine erfreuliche Nachricht an diesem Tag.

Jetzt also am Abend noch der neue Einsatz. Staigers Laune war klar im Keller, vor allem nach dem Telefonat mit Kerstin wegen des Abendessens bei ihren Eltern. Sie war ziemlich sauer und er versprach, so schnell wie möglich nachzukommen.

Nachdem er auf den Parkplatz abbog, konnte er in der beginnenden Dunkelheit die beiden Frauen im Scheinwerferlicht sehen. Die eine Frau war etwas größer und schlank mit einem modischen Kurzhaarschnitt, die andere Frau war etwas kleiner und rundlicher, mit einer kinnlangen Frisur. Sie hielt einen mittelgroßen Hund an der Leine.

Ein Kollege der Polizeiinspektion vor Ort informierte ihn nach seinem Eintreffen, dass die Personalien des Opfers und der beiden Zeuginnen schon erfasst wären, das Opfer sei bereits auf dem Weg ins Krankenhaus, die beiden Zeuginnen hätten vor Ort gewartet. Staiger ging zu ihnen, stellte sich vor und prüfte die Personalien. Die große, schlanke Frau hieß Charlotte Schönburg. Die kleinere Frau, so konnte er ihrem Ausweis entnehmen, war Elisabeth Frey.

„Ist das ein Zufall, dass Sie beide am gleichen Tag geboren sind?", fragte Staiger, nachdem er in beiden Ausweisen nochmals nachgeschaut hatte. „Nein, kein Zufall, wir sind Zwillingsschwestern, Charlotte ist zehn Minuten älter als ich", erklärte die kleinere Frau.

„Gut, Sie sind also Schwestern und gemeinsam unterwegs. Erzählen Sie mir bitte kurz mehr zum Hintergrund, warum Sie hier angehalten haben und was dann passiert ist", bat Staiger.

Die kleinere Frau legte auch gleich los und erzählte, dass ihre ältere Schwester am vorigen Tag ganz überraschend mit dem Wohnmobil vor ihrer Tür gestanden hätte und sie zu einer gemeinsamen Tour in die Heimat ihrer Groß-eltern überredet hätte, dass sie morgens gut los-gekommen seien, am frühen Mittag den Rhein überquert und die Weinstraße hochgefahren seien, aber auch Nebenstrecken genutzt hätten, wie schön es war, nach so vielen Jahren wieder auf der Hardenburg zu sein, dass sie anschlie-ßend in Dürkheim eingekehrt seien und jetzt nur noch die letzten Kilometer zu ihrem Wohnmobil-Standort zurücklegen wollten, als der Hund unruhig geworden war und sie deshalb an diesem Platz angehalten hätten, aber dann kam alles plötzlich ganz anders als gedacht, denn der Hund fing an zu bellen, dann waren laute Hilfe-rufe zu hören, der Hund zog ganz stark an der Leine in diese Richtung und als sie hinterher wollte, wurde sie umgerannt und fiel hin, so dass sie gar nicht viel sehen konnte und deshalb jetzt auch nicht viel sagen kann.

Staiger war am Ende dieses Arbeitstages und nach dieser Flut an Sätzen noch mehr genervt. So viel weibliche Redseligkeit – das ging über seine Geduld. Und eigentlich war er sowieso schon zu spät. Die Spurensicherung würde den Tatort gründlich absuchen, bis hier die Ergebnisse vorlagen, könnte er endlich und mit viel Verspätung zu Kerstins Eltern und dem gemeinsamen Abendessen fahren.

„Ja, gut", sagte er der kleineren Frau und wandte sich an die größere. „Haben Sie noch eine Beobachtung gemacht, die wichtig sein könnte?", fragte er, „Oder können Sie genauere Angaben zu dem Täter und dem Auto machen, mit dem er geflohen ist?".

„Nein", erwiderte die größere Frau, „das ging alles sehr schnell und ich habe mehr auf die Schreie der verletzten Frau geachtet als auf das Auto".

„Dann möchte ich Sie beide bitten, morgen mit mir das Protokoll zu machen, vielleicht fallen Ihnen bis dahin noch einige Details ein", brummte Staiger in Richtung der beiden Frauen.

„Hier ist noch meine Karte – könnten Sie morgen um 13 Uhr nach Ludwigshafen kommen?". Die Frauen nickten, die kleinere wollte schon wieder das Wort ergreifen, aber Staiger wandte sich ab und ging zu seinem Auto, das er direkt an der Straße abgestellt hatte.

Staiger war froh, dass die Befragung doch noch recht schnell über die Bühne gegangen war. Auf dem Weg zu seinem Auto fiel ihm siedendheiß ein, dass der Blumenstrauß für Kerstins Eltern noch im Büro war. Also nochmal zurück nach Ludwigshafen in die Direktion, bevor er den Weg nach Speyer antreten konnte.

Er war nun vollends genervt. Als er sich seinem Auto näherte, spürte er, wie er im dunklen Gelände mit seinem Fuß in etwas hineintrat. Vorsichtig hob er das Bein und leuchtete mit der Taschenlampe des Handys auf den Schuh. Tatsächlich: rechts und links quoll eine hässliche Masse unter der Sohle hervor – und diese hässliche Masse stank bestialisch.

„War das Ihrer?", wandte er sich zornig an die beiden Frauen, die ein paar Meter weiter dabei waren, in das Wohnmobil zu steigen. „Was denn? Was meinen Sie?", fragte die größere der beiden

Frauen. „Na, diese Hundesch... hier!", brüllte er in ihre Richtung. „Nein, damit können wir nicht dienen, wir waren vorhin in die andere Richtung unterwegs", kam zurück.

Staiger stapfte wütend in das Gras am Rand und wischte dort, so gut es ging, seine Schuhe ab. Im Auto fand er noch eine halbe Flasche Mineralwasser sowie ein paar Tücher und reinigte die Sohle noch etwas gründlicher. Vermutlich würde er erst nach Hause fahren, die Schuhe wechseln, dann ins Büro, die Blumen holen. Vermutlich wäre Kerstin stinkesauer, bis er endlich bei ihren Eltern eintreffen würde. Und eigentlich konnte er es ihr noch nicht einmal verdenken.

Sehr viel Rätselraten

Nach dem Überfall sitzt der Schock tief und muss erst einmal verdaut werden, bevor bei Charlotte und Elisabeth das Überlegen wieder einsetzt.

Während Charlotte die letzten Kilometer zu unserem Ziel fuhr, waren wir alle beide zu geschockt oder bestürzt, um viel zu reden. Stattdessen waren wir ruhig und hingen unseren Gedanken nach. Charlotte war ja sowieso die ruhigere von uns beiden, aber dieser Überfall und die so schrecklich verletzte Frau hatte selbst mir jetzt die Sprache verschlagen.

Bei mir kam sicherlich auch deshalb Spannung auf, weil ich nicht wusste, wie sich das anfühlen würde, in einem mobilen Zuhause zu übernachten. Also wartete ich gespannt auf die erste Nacht im Wohnmobil und das erste Frühstück am nächsten Morgen.

Das Probeliegen in dem schmalen Bett hatten wir ja noch zu Hause geübt, das sollte kein Thema sein. Aber es wäre doch ungewohnt, mehrere Tage in einer so schmalen und engen Küche zu hantieren. Was soll's, dachte ich, bei dem herrlichen Wetter wird das Frühstück zur Not nach draußen verlegt, nicht wahr? Noch war ich mir nicht sicher, ob ich mich mit der Wohnmobil-Camperei nicht doch auf eine reichlich abenteuerliche Sache eingelassen hatte.

Aber das andere Abenteuer steckte mir auch in den Knochen. Plötzlich wurde ich aus meinen Gedanken gerissen, als Charlotte scharf abbog und das Fahrzeug langsam auf einen Hof rollte. Nachdem wir ausgestiegen waren, musste ich erst einmal tief durchatmen. Die abendliche Luft war frisch, der Hof der Winzerfamilie war mit vielen Blumentöpfen geschmückt, die einen angenehmen Duft verbreiteten.

Auf unser Klingeln öffnete sich die Tür und ein großer Mann stand in der Tür, stellte sich vor, begrüßte uns und erklärte, wo wir parken sollten. Außerdem bekamen wir Tipps, wo wir hier noch essen gehen könnten, falls wir hungrig wären. Aber so richtig Appetit hatte keine von uns. Wir hatten genug für einen kleinen Imbiss, aber fast wichtiger wäre ein beruhigender Tee mit Honig und das könnten wir im Wohnmobil selbst machen.

Charlotte hatte das Wohnmobil schnell eingeparkt, der Hof war sehr eben angelegt, daher war es auch nicht nötig, das Wohnmobil hinten oder vorne durch Keile in der Höhe auszurichten. Und auch das Stromkabel war gleich verlegt. Mehr brauchte es erst einmal nicht.

Während das Teewasser kochte, bekam Benni etwas Trockenfutter und natürlich wurde auch die Wasserschüssel frisch befüllt. Geschafft! Charlotte und ich setzten uns hin, ließen den Tee ziehen und schauten uns an.

„Mit einem solchen Abenteuer hättest du nicht gerechnet, stimmt's?", fragte sie und ergänzte, „ich aber auch nicht. Garantiert! Der Überfall auf die Frau ist mir ganz schön nah gegangen".

„Geht mir genauso", bestätigte ich. Und dann tauschten wir uns aus über unsere Eindrücke. Charlotte hatte zunächst nicht weiter auf mich und Benni geachtet, als wir vom Fahrzeug weggelaufen sind, weil sie im Auto nach ihrem Handy gesucht hatte. Erst als sie die Schreie hörte, stieg sie schnell aus, dachte aber noch daran, das Fahrzeug abzuschließen und lief dann durch das Gebüsch in Richtung der lauten Rufe. Als ich zu Boden gestoßen wurde, war sie zu weit entfernt, um etwas zu sehen.

Und bei mir ging es so schnell, dass ich nicht viel wahrgenommen habe. Abgesehen von diesen auffallenden Turnschuhen, die ich aber nicht genau beschreiben konnte. Ich versuchte mich an einer Zeichnung auf einem Notizzettel, aber nichts sah dem ähnlich, was ich gesehen hatte.

„Versuch' dir dieses Design einzuprägen, wenn wir morgen bei dem Kommissar sind, kannst du vielleicht einem Profizeichner die richtigen Anhaltspunkte für eine bessere Zeichnung geben oder vermutlich haben sie gar keine Zeichner mehr, wahrscheinlich gibt es heutzutage Computerprogramme für so etwas", meinte sie.

Und dann rätselten wir noch über das Motiv. Ob es eine Beziehungstat war? Oder war die junge Frau das zufällige Opfer einer verhinderten Vergewaltigung? Aber warum dann erst diese Schnitte im Gesicht und an den Armen? Die Frau hatte wirklich schrecklich ausgesehen.

Dann hatte Charlotte die Idee, bei ihrer Tochter anzurufen, die als IT-Expertin bestimmt mehr über das Opfer und ein mögliches Motiv herausfinden könnte. Natürlich wollte Claudia noch mehr wissen, also reichte Charlotte das Telefon an mich weiter und ich erzählte alles, was ich über den Überfall auf diese Jenny Schäfer erzählen konnte.

Claudia versprach, gleich nach den Hintergründen zu recherchieren und sich am nächsten

Morgen zu melden. Und sie wollte auch Simon anrufen und ihm Bescheid sagen. Das wollte ich nicht, weil mir klar war, dass er sich unnötig Sorgen machen würde. Seit Georgs Tod machte er sich ständig Sorgen um mich. „Aber als Privatdetektiv kann er bestimmt auch etwas herausfinden!", lautete Claudias Einwand. „Als Privatdetektiv macht sich mein Sohn leider zu viele Gedanken, wie es um meine beziehungsweise um unsere Sicherheit stünde", erwidere ich. „Ach was, ich rede mit ihm, er soll das jetzt nicht überbewerten, ihr seid doch nicht die Opfer des Überfalls, sondern nur zufällige Zeuginnen!", wischte Claudia meinen Einwand beiseite.

Nach diesem aufregenden Tag waren wir zwar redlich müde, aber es ging noch um die weitere Planung: „Was sollen wir denn morgen nach dem Termin bei der Polizei machen", fragte Charlotte, „wo wollen wir als erstes hin?".

Wir hatten uns vor der Abfahrt ein paar Orte ausgesucht, wo wir als Kinder öfter waren. Wenn wir früher in den Ferien die Großeltern besuchten, fuhren wir zwar immer nach Kirchheimbolanden, wo Omas Familie herkam, aber Opas Familie stammte aus Haßloch und zwei Großonkel wohnten damals in Ludwigshafen, so dass wir auch dort öfter waren. Und außerdem gab es in der Pfalz noch jede Menge andere historische Stätten und Sehenswürdigkeiten, die wir auf unserer Fahrt besuchen wollten. Also womit anfangen? Mir fiel die Auswahl wirklich schwer.

„Weißt du was", sagte ich kurzerhand, „lass' uns erst mal schlafen gehen, morgen ist auch noch ein Tag, da rufen wir nochmal bei Hedi an, die hat bestimmt gute Tipps für uns".

Ein erster Rückblick

Wie hat der Entführer den Überfall erlebt? Und könnte sich hier vielleicht schon ein Teil des Rätsels lösen?

Der junge Mann war zornig. Über sich selbst. Und über den misslungenen Überfall. Dabei hatte es am Anfang so gut geklappt, genau wie er es geplant hatte.

Schon Tage vorher hatte er die Umgebung der Adresse aus dem Impressum in Ludwigshafen ausgekundschaftet und einen Platz zum Parken gefunden, der von den Gebäuden ringsherum kaum einsehbar war. Die Wahrscheinlichkeit, dass ungeplant ein Zeuge auftauchte, war hier äußerst gering.

Durch seine Beobachtungen wusste er bereits, dass diese Jenny meist schon am Nachmittag von der Arbeit losfuhr. Nicht immer ging es gleich zu ihrer Wohnung, oft fuhr Jenny in eins der Einkaufszentren in der Umgebung, um zu bummeln oder irgendwo einzukehren.

Auch dieses Mal verließ sie relativ früh die Räumlichkeiten in dem Gewerbegebäude und stöckelte wie immer ganz graziös zu ihrem Auto. Bevor sie jedoch die Tür öffnen konnte, stand er hinter ihr und drückte ihr den Lauf der Waffe an die Seite.

„Hör' jetzt genau zu, dann passiert dir nichts", sagte er mit verstellter Stimme im Flüsterton, „wir gehen jetzt unauffällig zu meinem Auto dort drüben, du machst die Beifahrertür auf und setzt dich hinein. Fluchtversuche kannst du vergessen, ich habe die Waffe auf dich gerichtet."

Sie zögerte nur kurz, dann bewegte sie sich vorsichtig zu seinem Auto und öffnete die Beifahrertür. Bevor sie sich setzen konnte, knickte sie um, dabei riss das Riemchen ihres hochhackigen Schuhs. Fast wäre sie hingefallen, er konnte sie gerade noch unter der Achsel am Oberarm festhalten, beim Sturz rutschte ihr zudem die Handtasche auf den Asphalt. Angstvoll blickte sie ihn unter der tief ins Gesicht gezogenen Kapuze an: „Bitte nicht schießen, das war keine Absicht, ich steige gleich ein" und tatsächlich stützte sie sich mit Schmerzen im Knöchel auf dem Sitz ab und bugsierte sich ins Auto.

Innerlich fluchend holte er die vorbereiteten Kabelbinder aus der Tasche. „Den ersten Kabelbinder um das rechte Handgelenk, den anderen Kabelbinder dann um den ersten Kabelbinder und das linke Handgelenk, aber mach' schnell!", flüsterte er ihr zu. Trotz leichter Panik schaffte es Jenny, beide Kabelbinder einzufädeln und anzuziehen. Als das erledigt war, kontrollierte er, ob die Kabelbinder straff genug angezogen waren, damit sie die Hände nicht durchziehen konnte.

Geschafft! Jenny saß im Auto! Während er die Waffe auf sie gerichtet hielt, bückte er sich langsam und sammelte ihre Handtasche und den Schuh mit dem mörderisch hohen Absatz ein und warf ihr beides in den Schoß, bevor er die Autotür zufallen ließ. Bereits vorher hatte er bei der Tür die Kindersicherung aktiviert, Jenny konnte also nicht mehr aussteigen.

Langsam ging er um das Fahrzeug herum und stieg auf der Fahrerseite ein. Unsichtbar von außen hielt er die Waffe in der linken Hand und zielte weiter auf sie, während er mit der rechten Hand das Auto startete, den Automatik-Schalter auf D stellte und losfuhr.

„Wo fahren wir hin", fragte Jenny ängstlich. „Das wirst du schon sehen", entgegnete er mit feindseliger Stimme.

Eine echte Überraschung

Als Charlottes Tochter Claudia am nächsten Morgen anruft, hat sie überraschende Neuigkeiten über den Fall zu bieten.

Am nächsten Morgen wurden wir zeitig wach. Ich hatte die erste Nacht auf der schmalen Matratze erstaunlich gut überstanden und war dabei, in dieser winzigen Küche ein Frühstück zu richten.

Vielleicht hätte ich vor der Reise doch noch ein paar Kilo abnehmen sollen, es fühlte sich schon etwas beengt für mich an, meine Küche zu Hause war einfach viel geräumiger. Meine Schwester hätte dieses Problem sicherlich nicht. Ich seufzte in mich hinein. Leider hatte ich die Gene unserer Mutter geerbt, die immer gewitzelt hatte, für ihr Gewicht wäre sie ein wenig kurz geraten. Charlotte hingegen war wie unser Vater: groß gewachsen und sehr schlank.

Während Charlotte in dem winzigen Bad war, klingelte ihr Telefon, der Name Claudia stand auf dem Display.

„Charlotte, es ist Claudia, soll ich rangehen?", fragte ich. „A itte, äch utze gelade Ähne" hörte ich nur und nahm den Anruf an. „Guten Morgen Claudia, hier ist Elisabeth, deine Mutter kann gerade nicht, sie putzt nämlich Zähne", erklärte ich.

Claudia lachte und fragte, wie unsere erste Nacht gewesen wäre. „Gut", sagte ich, „nach der Aufregung gestern war ich so müde, ich habe geschlafen wie ein Murmeltier – aber jetzt erzähl' doch mal, hast du schon etwas herausgefunden?", folgte direkt meine Frage.

„Ja, das war auch gar nicht so schwer, obwohl die verletzte Frau weniger unter ihrem Namen Jenny Schäfer bekannt ist, man findet sie eher unter ihrem Künstlernamen ‚Beautiful Bella'. Unter diesem Pseudonym ist sie fast eine kleine Berühmtheit, zumindest in der jüngeren Generation, sie arbeitet nämlich als Influencerin", berichtete Claudia.

Hoppla, dachte ich, das Wort habe ich doch schon mal gehört, oder? Aber so ganz konnte ich es nicht einordnen. Influence ist das englische Wort für Einfluss, aber welcher Einfluss denn? „Oh, Influencerin", wiederholte ich verdutzt, „was ist das eigentlich?".

Fast wäre es mir ein wenig peinlich gewesen, das nicht zu wissen. Aber nur fast. Als älterer Menschen muss man ja nicht alle englischen Begriffe kennen. Umgekehrt wissen die Jungen nicht, was ein Blaustrumpf oder Paletot ist oder wofür Galoschen gebraucht wurden. Und so schöne Wörter wie blümerant oder formidabel kennen sie ebenfalls nicht mehr. Und genau deshalb mache ich mir nichts draus, wenn ich bei einem Wort wie Influencer nachfragen muss.

Jetzt kam auch Charlotte aus dem Mini-Bad. „Worum geht es gerade?", fragte sie, „Um Influencer?". „Kennst du dich damit aus?", entgegnete ich, „dann kannst du mir das ja erklären, viel interessanter wäre zu wissen, was Claudia noch alles herausgefunden hat". „Gute Idee", meinte Charlotte, „drück' doch einfach auf das Lautsprecher-Symbol, dann können wir zu zweit zuhören".

Erst erklärte Claudia kurz, dass ein so genannter Influencer eine Person sei, die über eine Blog-Webseite oder über Social-Media-Kanäle zahlreiche Menschen auf sich aufmerksam gemacht und viele Kontakte geknüpft hätte. In der Regel präsentierten diese Influencer sich und ihre Themen in gut fotografierten Bildern oder kurzen Videos, wobei die Themen oft sehr alltäglich oder banal sind.

Gerade bei der jüngeren Zielgruppe ginge es oft nur um Fragen wie Mode oder Kosmetik und die dafür verwendeten Produkte und Tipps oder Produkte für Hobby und Freizeit. Oder es werde zwar kein Hinweis auf ein bestimmtes Produkt gesetzt, aber es werde als Teil der Kleidung oder der Kulisse genutzt.

„Das kennt man ja bereits, das ist die gute, alte Schleichwerbung", kommentierte Charlotte. Claudia lachte und fuhr fort: Zwar gebe es auch einige Influencer, die wissenschaftliche Kenntnisse vermittelten oder sich mit anderen tieferen Themen beschäftigten. Aber bei den meisten Influencern ginge es wirklich nur um leichte oder seichte Unterhaltung.

Außerdem erklärte Claudia, dass die Kontakte auf den Social-Media-Plattformen Abonnenten, Freunde, Fans oder auch Follower hießen, von dem englischen Wort für folgen. Wer mehrere Hunderttausend oder sogar Millionen Fans oder Follower habe, werde als einflussreich betrachtet. „Einige Unternehmen schließen daher seit einigen Jahren teilweise recht hochdotierte Werbeverträge mit den Influencern", erzählte Claudia, „nur damit diese vor der Kamera auf das Unternehmen oder die Produkte hinweisen".

So viel zu Claudias Hintergrundinfos. Was speziell Jenny Schäfer alias Beautiful Bella anging: Obwohl vor allem der Schönheitsmarkt bereits absolut überlaufen sei, habe sie es in den letzten eineinhalb Jahren geschafft, sich in die erste Liga der Schönheits-Influencerinnen hochzuarbeiten.

„Achso!", unterbrach Charlotte ihre Tochter, „damit wird auch klar, warum die verletzte Frau gestern ständig wegen der Schönheit gejammert hat! Das macht die Sache mit dem Überfall richtig interessant! Kannst du uns per Mail ein paar Links schicken? Ich habe den Laptop dabei, da können wir uns das in Ruhe noch näher anschauen". „Klar, mache ich gleich", versprach Claudia „und wenn ihr weitere Fragen habt, dann meldet euch einfach".

„Was ist mit Simon? Hast du ihn erreicht? Und hat er sich aufgeregt?", wollte ich noch wissen. „Es ist alles in Ordnung", erwiderte Claudia, „er weiß Bescheid, Deine Tochter und ihre Familie auch, aber nachdem der Überfall vorbei ist, sind sie nicht übermäßig besorgt. Ihr sollt einfach nur auf euch aufpassen und keine Dummheiten machen".

Charlotte legte auf und sah mich an. „Das mit Jenny Schäfer war jetzt aber eine richtige Überraschung", sagte sie. „Stimmt, ich hätte gestern nicht gedacht, dass wir hier so eine Art von Berühmtheit vor uns haben", entgegnete ich, „und was machen wir jetzt?". „Erst einmal gehen wir mit Benni auf eine Gassirunde. Bei Hedi müssen wir uns auch noch melden. Und wenn wir zurück sind, schalten wir den Laptop an und schauen nach den Links, die Claudia schickt. Das Thema könnte noch richtig interessant werden!".

Über Charlottes Reaktion musste ich schmunzeln. Hatte ich eigentlich schon erzählt, dass Charlotte bis zu ihrer Rente als Journalistin gearbeitet hat? Mir schien, als hätte ihre Spürnase für spannende Themen gerade eine Witterung aufgenommen. Mal sehen, wie das weiterginge.

Hoffentlich kein weiterer Überfall. Sowas braucht kein Mensch!

Die Arbeit geht weiter

In Jennys Büro wird vergeblich auf sie gewartet, am Ende wird aber schnell klar, dass etwas mit ihr passiert ist.

Sofia saß im Büro und schaute auf die Uhr. Schon kurz nach halb zehn. Um 9 Uhr wäre für Jenny der Termin mit dem Kameramann gewesen. Wo blieb sie nur? Warum ging sie nicht an ihr Telefon, wieso war das Handy abgeschaltet? Das machte sie doch sonst nie.

„Also mir wird das allmählich zu spät", murrte der Kameramann. Sofia versuchte ein weiteres Mal, Jenny zu erreichen. Ohne Erfolg. Seufzend packte der Kameramann seine Ausrüstung. „Meldet euch einfach wegen eines neuen Drehtermins", meinte er achselzuckend und trank seine Tasse mit Kaffee aus, „es ist ja noch

Material vorhanden, das ich bearbeiten kann, ihr habt auch noch Material, das ihr online stellen könnt, also brennt jetzt nix an, wenn ich gehe". Sprach's, schnappte sich seine Jacke und ging hinaus.

Sofia seufzte. Sie dreht sich zum Computer um und schaute in die Mails und Messengerdienste rein. Die Post von Fans konnte sie in Jennys Namen direkt beantworten. Es waren aber auch zwei Mails mit Anfragen für eine Werbepartnerschaft dabei, die wollte Jenny immer zuerst sehen, bevor Sofia die Antwort schreiben konnte, sonst wurde sie schnell biestig.

Noch immer keine Rückmeldung von Jenny. Also machte sich Sofia daran, ein neues Bild von Jenny auf Instagram hochzuladen.

Das Motiv war bereits Anfang der Woche bei der Redaktionsplanung festgelegt worden: Jenny in Großaufnahme, die an einem Bistrotisch sitzt und mit geschlossenen Augen genussvoll die Kaffeetasse zum Mund führt. Bildunterschrift sollte sein „Endlich Zeit für eine Kaffeepause".

In Wirklichkeit hatte es gar keine richtige Kaffeepause gegeben. Das Fotoshooting hatte mehr als eine Stunde gedauert und in der ganzen

Zeit wurde Jenny in verschiedenen Posen mit der Kaffeetasse fotografiert: mal mit der Kaffeetasse in der linken Hand, mal in der rechten Hand, mal beide Hände um die Tasse geschmiegt, mal schräg von unten, mal von der Seite, sogar von seitlich oben wurde ein Foto gemacht, der Fotograf turnte dabei waghalsig auf einer Leiter herum. Natürlich war der Kaffee in der Tasse immer kalt geworden, bevor er getrunken war. Am Ende des Fototermins waren noch ein Dutzend Bilder in der näheren Auswahl und Jenny hatte in der Redaktionssitzung festgelegt, welches Bild schließlich online gehen sollte.

Aus Dutzenden von Fotos war ein einziges Bild übriggeblieben. Nur ein Bild, um die Illusion zu erzeugen, Jenny sei zufällig während ihrer Arbeit bei einer Kaffeepause geknipst worden. Im Grunde war also die Kaffeepause die eigentliche Arbeit gewesen. Verrückte Welt, dachte Sofia, als sie das inszenierte Bild hochlud und die Bild-unterschrift „Endlich Zeit für eine Kaffeepause" mit zahlreichen Hashtags ergänzte wie #beauty #BeautifulBella #model #makeup #fashion #style #like #love #life oder #photooftheday.

Das war aber nur ein Teil ihrer Arbeit. Als nächstes ging es daran, das Vernetzen und Kontakteknüpfen weiter auszubauen, indem sie die Beiträge anderer Leute auf Instagram mit Likes versah oder Kommentare abgab wie „Ein tolles Bild!", „Wie süß!", „Ein tolles Outfit!" und ähnliche kleine Aufmerksamkeiten.

Letzten Endes ging es darum, aus den Aufmerksamkeiten für andere Leute frische Aufmerksamkeit für Jennys eigenen Auftritt als Beautiful Bella zu erzeugen. Auf diese Weise war Jennys Fangemeinde im letzten Jahr um mehrere Tausend Follower angewachsen.

Mitten in der Arbeit stand Sofia auf, holte sich in der kleinen Küche einen frischen Kaffee und schaute nachdenklich durchs Fenster. Jennys Auto stand auf dem üblichen Platz. Seltsam, wo sie nur blieb. Hatte sie sich gestern noch mit Ugren getroffen, ihrem neuen Freund, und war mit ihm nach Hause gegangen? Und war dann völlig versackt? Es wäre ja nicht das erste Mal. Auch wenn Jenny nach außen hin super-professionell auftrat, hinter den Kulissen sah es ganz anders aus. Und auch dieses stets herzliche Lächeln war eigentlich nur Fassade, wie gut, dass kaum jemand einen so detaillierten Einblick in die Welt hinter dieser Fassade bekam.

Plötzlich klingelte das Telefon. Jenny!, dachte Sofia und ging schnell zum Schreibtisch. Aber es war nur der Anschluss von Jennys Mutter.

„Hallo, hier Sofia, ist was mit Jenny?", fragte sie gleich. „Sofia, etwas Schreckliches ist passiert", antwortete Jennys Mutter, „jemand hat Jenny gestern überfallen, sie ist noch im Krankenhaus, die Polizei war gerade hier".

„Bitte? Überfallen? Aber wann und wie und wo?", wollte Sofia wissen.

„So genau weiß ich das nicht, so wie ich es verstanden habe, ist sie auf dem Weg zu ihrem Auto überfallen und im Auto des Täters entführt worden".

„Also das erklärt, warum ihr Auto noch hier steht, ich hatte mich schon gewundert", antwortete Sofia, „aber was ist denn mit ihr, ist sie schwer verletzt?"

„Sie hat Schnittverletzungen, die sind zwar oberflächlich auf der Haut, aber sie sind leider deutlich sichtbar im Gesicht und an den Armen. Sie hat versucht zu fliehen und ist dabei gestürzt, von diesem Sturz hat sie einen verknacksten

Knöchel und Prellungen plus noch Verdacht auf eine Gehirnerschütterung", erklärte die Mutter. „Aber insgesamt hat sie richtig Glück gehabt, wer weiß, wie das sonst ausgegangen wäre".

„Ja, stimmt, das hört sich nach viel Glück an ... kann ich sie denn besuchen? In welchem Krankenhaus ist sie denn?", fragte Sofia.

„Sie liegt hier in Ludwigshafen in der Unfallklinik, aber heute Morgen wird es eher ungünstig sein, der Kommissar wollte noch zu ihr, um in Ruhe mit ihr zu reden", meinte Jennys Mutter.

Nachdenklich beendete Sofia das Telefongespräch. Kaum hatte sie aufgelegt, klingelte es an der Tür. Als sie öffnete, stand eine ältere Frau bereits vor der Tür, eine weitere Frau kam gerade freundlich lächelnd zur Tür gelaufen.

Wichtige Neuigkeiten

Charlotte und Elisabeth erhalten in Jennys Büro sehr interessante Neuigkeiten.

Wir hatten Hedi nicht erreicht und waren dann losgefahren, ohne mit ihr gesprochen zu haben. Als wir in Ludwigshafen an der Adresse ankamen, die im Impressum von Jennys Website angegeben war, fand ich das Gebäude und die Umgebung eher enttäuschend.

Ich war von diesen Hochglanzbildern aus-gegangen, die bei „Beautiful Bella" zu sehen waren, und hatte deshalb ein standesgemäßes Hochglanzbürogebäude erwartet. Stattdessen war das Büro in einem älteren Gebäude untergebracht, das für Start-ups recht pfiffig auf-gefrischt worden war. Trotz der Modernisierung sah es hier aber nicht so schick oder edel aus, wie ich es eigentlich erwartet hätte.

Charlotte war vorausgegangen. Sie stand im Foyer vor einer Tür mit dem Namensschild und hatte bereits geklingelt. Eine junge Frau öffnete die Tür, eher klein, zwar keine klassische Schönheit, aber dennoch sehr hübsch. Natürlich fragte sie, was wir wollten. Charlotte ging das Thema sehr sachlich an, stellte uns zunächst vor und fragte, ob sie schon informiert sei wegen Jenny und dass wir es gewesen seien, die sie gestern in der Nähe der Weinstraße abseits eines Parkplatzes gefunden hätten.

Charlottes Erzählung klang für die junge Frau offensichtlich überzeugend, jedenfalls stellte sie sich als Sofia Kramer vor und bat uns hinein, fragte auch gleich, ob wir einen Kaffee wollten. Wir wollten. In der kleinen Küche bereitete sie den Kaffee vor, richtete Milch und Zucker auf einem Tablett und brachte alles zu einer Sitzgruppe mit einem niedrigen Tisch.

An den Wänden ringsherum waren tolle Fotos von Jenny im Postformat zu sehen. Der Raum war unglaublich groß, vermutlich würde das Wort „Loft" gut passen. Am einen Ende war eine Art von Fotografen-Atelier eingerichtet, mit verschiedenen Hintergrundrollos, die von der Decke hingen, aber auch mit menschenleeren Großplakaten von Urlaubsorten und Traumstränden, die an der Wand lehnten. Ob diese Plakate womöglich als Hintergründe genutzt würden, um die Illusion zu erzeugen, Jenny reise um die ganze Welt? Billiger als Flugtickets und Hotelübernachtungen wäre es allemal.

Neben dem Foto-Bereich waren Hängegarderoben und Regale mit erstaunlich vielen

Kleidungsstücken, Schuhen, Schmuck und anderen Accessoires. Und wie erwartet gab es daneben einen professionell aussehenden Schminktisch.

Am anderen Ende des Raumes schien die Arbeitsecke zu sein, mit Büroschränken, zwei Schreibtischen und mehreren Bildschirmen. Und in der Mitte des Raums war die Sitzgruppe, wo wir vor unserem Kaffee saßen.

Während ich mich mit Staunen umschaute, hatte Charlotte in der Zwischenzeit angefangen zu erzählen, wie wir buchstäblich in dieses Abenteuer hineingestolpert waren. Plötzlich klingelte mein Handy, es war Hedi, aber der Moment war so unpassend, dass ich das Handy schnell stumm schaltete.

Sofia Kramer hatte natürlich jede Menge Fragen, wo und wann wir Jenny fanden, was mit ihren Verletzungen war, ob wir den Täter erkennen konnten und so weiter. So gut es ging beantworteten wir ihr die Fragen.

„Aber wissen Sie, uns ist das natürlich auch unter die Haut gegangen und wir fragen uns, warum das passiert ist, was der Täter für ein Motiv gehabt haben könnte", erzählte ich, „und das hat uns keine Ruhe gelassen, weshalb wir dachten, Sie könnten uns vielleicht Antworten auf unsere Fragen geben".

„Also gut, ich kann's versuchen, wobei ich nicht denke, dass ich Ihnen helfen kann, für mich ist es ebenso ein Rätsel", erklärte Sofia.

„Was wir uns vor allem fragen ist: Hatte Jenny denn Feinde? Oder könnte hinter dem Angriff eine verschmähte Liebschaft stecken?", fragte Charlotte.

„Von Feinden weiß ich wirklich nichts, eigentlich ist ja umgekehrt, dass ganz viele Fans sie anhimmeln oder sogar lieben ... und eine ehemalige Liebschaft? Nein, bei ihren vorigen Beziehungen haben sich beide Parteien immer friedlich und freundlich getrennt ..."

„Wie ist das eigentlich mit diesen Fans? Geht es dabei mehr ums ‚Folgen' oder geht es in einigen Fällen bereits um ein ‚Verfolgen'?", fragte Charlotte.

„Ehrlich gesagt, mir fällt es auch nicht leicht, den Unterschied zu erkennen", erklärte Sofia, „manche der Fans sind schon recht penetrant – aber wir hatten noch nie eine Situation, in der jemand sich wirklich bedrohlich verhalten hätte, bei den meisten Fans bleibt es wirklich beim Anhimmeln".

„Gut, aber wie ist es denn mit einer aktuellen Beziehung? Gibt es jemand, bei dem Eifersucht im Spiel sein könnte?", lautete meine Frage.

„Naja, mit Ugren ist sie jetzt drei Monate zusammen, mein Fall wäre er nicht, er ist ein eher besitzergreifender Typ von Mann, der aber gleichzeitig immer gern mit anderen Frauen flirtet", berichtete Sofia, „sogar mit mir versucht er ganz unverfroren seine Flirts, dabei mag ich ihn gar nicht besonders".

„Und wie reagiert dann Jenny auf diese Flirtversuche?"

„Also Jenny ist auch nicht gerade ein Kind der Traurigkeit", gluckste Sofia belustigt, „wenn der Fotograf zum Shooting kommt, weiß ich nie genau, ob sie jetzt mit der Kamera flirtet oder mit dem Typ dahinter".

„Und wie reagiert ihr Freund darauf, wie hieß er? Ugren?", wollte Charlotte wissen.

„Ja, Ugren ist richtig, ich glaube, seine Familie kommt aus dem Kosovo".

„Könnte er womöglich hinter dem Angriff stecken, vielleicht aus Eifersucht auf Jennys Flirts?", war nun meine Frage.

„Eifersucht? Ja, könnte sein, aber gleich so eine Attacke? Hm, ich weiß nicht".

„Wie ist denn der gestrige Tag verlaufen? Ganz normal?", hakte Charlotte nochmals ein.

„Der Tag gestern ist tatsächlich ganz normal verlaufen", erzählt Sofia, „gestern Morgen war ich zuerst an der Hochschule, das hier ist nämlich ein Studentenjob für mich, daher bin ich erst zur Mittagszeit hier angekommen, aber es war nichts Besonderes hier, Jenny ist so gegen 15:30 Uhr los, hat aber nicht gesagt, wo sie hinfährt ... Halt! Eben fällt mir ein, dass sie draußen war und nochmal reinkam, weil sie ihre blauen Kontaktlinsen hatte liegen lassen –".

„Wieso blaue Kontaktlinsen? Sind die blauen Augen nicht echt?", fragte Charlotte.

„Doch, ihre Augenfarbe ist blau", antwortet Sofia, „aber es ist ein eher dunkles Blau und mit den Kontaktlinsen sieht das Blau heller und leuchtender aus ... sie und ihre Fans lieben das!".

„Aber das mit den blauen Kontaktlinsen an diesem Tag war doch Zufall und hat vermutlich keine größere Bedeutung, oder? Gibt es sonst keinen Anhaltspunkt, wer dahinter stecken könnte?", wollte Charlotte wissen.

„Vielleicht ist das Tatmotiv gar nicht mit einem Mann verbunden, sondern mit einer Frau?", warf ich spontan ein.

„Hm. Bei dem Stichwort ‚Frau' fällt mir etwas ein: Jenny ist es neulich gelungen, einer anderen Influencerin einen lukrativen Werbevertrag gewissermaßen vor der Nase wegzuschnappen ... vielleicht war die so sauer deswegen, dass sie jemanden beauftragt hat, Jenny zu entführen ... aber das ist jetzt wirklich reine Spekulation, da kann ich wirklich nichts Genaues dazu sagen", seufzte Sofia.

„Prima, das ist schon mal besser als nichts", sagte Charlotte, „wäre es möglich, dass Sie uns die Kontaktdaten von Ugren geben? Und die Influencerin? Wo ist sie zu finden?".

„Oh, das wäre sehr viel weiter weg, so viel ich weiß, ist sie aus München oder der Umgebung", erwiderte Sofia.

„Dann wären zumindest die Kontaktdaten von Ugren hilfreich, vielleicht kann er uns bei unseren Nachforschungen weiterhelfen", schlug Charlotte vor.

Das Telefon fing an zu klingeln. „Ja, mache ich, ich gehe kurz zum Schreibtisch und suche Ihnen die Daten raus", bekamen wir von Sofia zu hören, „aber dann muss ich hier weitermachen, ich bin mit meiner Arbeit noch nicht fertig".

Das Telefon klingelte immer noch, Sofia ging dran, nannte ihren Namen und erklärte, sie stünde gleich zur Verfügung. Dann notierte sie die Kontaktdaten, gab uns den Zettel und verabschiedete uns mit einem „So, ich muss jetzt weitermachen, alles Gute noch!".

Als wir zur Tür liefen, hörten wir nur, wie sie sagte, „So, Herr Staiger, nun habe ich Zeit für Ihre Fragen ... in Ordnung, nach dem Besuch bei Jenny in der Unfallklinik können Sie gern hierher kommen, ich bin bis heute Nachmittag da ... bis später dann ...".

Im Krankenhaus

Sven Staiger befragt Jenny Schäfer im Kranken-
haus und hofft auf Informationen, die hilfreich
sein könnten für seine Ermittlungen.

Nach dem gestrigen Abend war Sven Staiger etwas besser gelaunt aufgewacht. Auch wenn er viel zu spät eingetroffen war, so hatte Kerstins Mutter glücklicherweise einen Grillabend mit mehreren Salaten geplant, so konnte die Familie warten, bis er eingetroffen war, bevor die Steaks und die Pfälzer Bratwürste auf den Grill kamen.

Kerstins Mutter war sehr nett, mit ihrem Vater hatte er sich gut verstanden, natürlich war er nach Erfahrungen und Erlebnissen in seinem Beruf gefragt worden und es entspann sich eine richtig gute Unterhaltung. Kerstin war am Ende glücklich, dass ihr neuer Freund bei den Eltern so gut angekommen war. So war es wiederum kein Wunder, dass Staiger mit besserer Laune als am Vortag an die Arbeit ging.

Als erstes führte er noch einige Telefonate wegen der anderen Fälle auf dem Schreibtisch. Bei der Kindesmisshandlung gab es wichtige Rückmeldungen vom behandelnden Arzt, vom Jugendamt war zu hören, dass die Familie bereits bekannt wäre. Bei dem Übergriff auf die junge Frau an der Bushaltestelle gab es leider nichts Neues.

Also dann zum Fall vom vorigen Abend. Zunächst holte er interne Auskünfte ein. Die Mutter des Opfers war bereits in der Nacht verständigt worden, aber sie konnte ihm nicht viel sagen, denn als sie ihre Tochter gesehen hatte, stand diese unter Schmerzmitteln und war noch zu sehr unter Schock. Von ihr hörte er auch, was die Tochter beruflich machte.

Um sich einen Eindruck vom Dasein einer „Influencerin" zu verschaffen, stöberte er im Internet und in den Social-Media-Kanälen nach ihr. Die Nachricht von dem Überfall schien sich noch nicht herumgesprochen zu haben, in den Medienkanälen war alles ruhig. Ihm war jedoch klar, was das für eine Aufregung in diesen Kanälen gäbe, sobald der Fall publik würde.

Unter den im Impressum von „Beautiful Bella" angegebenen Kontaktdaten fand er eine Telefonnummer, rief dort an und sprach mit einer Mitarbeiterin, um sich später mit ihr zu treffen. Aber zunächst wollte er in die Klinik und das Opfer befragen.

Im Krankenhaus angekommen wies er sich aus und bekam die Station und das Zimmer genannt. Jenny Schäfer reagierte auf sein Anklopfen und so trat er ein. Die junge Frau lag im Bett und öffnete die Augen, als er näher kam. Er stellte sich kurz vor und fragte, wie sie sich fühle und ob sie ein paar Fragen beantworten könne.

„Ach", sagte sie, „ich bin mir nicht sicher, ob ich helfen kann, der Typ hatte die ganze Zeit seine Kapuze über den Kopf gezogen und das, was ich von ihm gesehen habe, ist nicht besonders auffallend gewesen ... es war halt einfach so ein Durchschnittstyp".

„Vielleicht erzählen Sie einfach der Reihe nach, es könnte ja sein, dass Ihnen dabei noch etwas einfällt, was bei der Personenbeschreibung hilft", schlug Sven Staiger vor.

Also erzählte Jenny, wie sie aus dem Büro eilte, kurz noch umkehrte, um etwas zu holen, dann zu ihrem geparkten Auto ging, als plötzlich hinter ihr dieser Typ auftauchte. An dieser Stelle hakte Staiger ein, um sich Jennys Auto und den genauen Standort näher beschreiben zu lassen.

Jenny fuhr fort und berichtete, wie der Mann sie gezwungen hatte, zu seinem Auto zu gehen. Das Auto des Täters war der nächste Punkt, bei dem Staiger einhakte und nach einer genaueren Beschreibung fragte. Aber Jenny war nicht viel aufgefallen, außer dass es ein dunkelgrauer Kombi war. Da sie von der Seite auf das Auto zuging, konnte sie das Nummernschild leider überhaupt nicht sehen.

Dann erzählte sie, wie sie beim Einsteigen stürzte, ihren Schuh ruinierte (ganz schlimm, weil ein unglaublich teures Designermodell) und den Knöchel verknackste, wie sie sich dann die Hände mit dem Kabelbinder fesseln musste, wie der Entführer auf der Fahrerseite einstieg und sie mit einer Schusswaffe bedrohte, und das die ganze Fahrt über.

Die Fahrt führte zunächst über die A650 aus Ludwigshafen raus. Der Entführer war kurz davor, auf die A61 abzubiegen, als im Verkehrsfunk ein Stau auf der A6 zwischen Frankenthal und Grünstadt gemeldet wurde. Daraufhin wechselte er schnell die Spur und fuhr weiter in Richtung Bad Dürkheim. Auf ihre Frage, wohin er sie bringen würde, bekam sie erneut keine Antwort.

Ihr ging kurz der Gedanke durch den Kopf, vom Beifahrersitz aus andere Autofahrer auf sich aufmerksam zu machen, aber angesichts der Waffe hatte sie dann doch nicht den Mut dazu.

Von Bad Dürkheim aus ging es über diese Landstraße Richtung Norden. Sie wusste nicht, wo es hinging und ihre Angst wurde immer größer.

Vor Aufregung wurde ihr schlecht. Da bekam sie die Idee, ihn zu warnen, dass ihr übel sei und sie erbrechen müsste. Mit dieser Warnung konnte sie ihn dazu bringen, von der Landstraße auf einen Parkplatz abzubiegen, der von Bäumen und Gebüsch umgeben war. Da die Kindersicherung aktiviert war, musste sie warten, bis er um das Auto gegangen und die Tür geöffnet hatte.

Diese Gelegenheit nutzte sie, um sich gegen ihn zu werfen, wodurch er hinfiel. Sie versuchte zu entkommen, aber mit dem verknacksten

Knöchel und durch das Dickicht hindurch hatte sie keine Chance: Ganz schnell hatte der Entführer sie eingeholt und sie stürzte zu Boden und schlug sich noch den Kopf an einem Stein an.

Der Entführer war so zornig, dass er ein Messer aus der Tasche zog und sie an Armen, am Hals und im Gesicht schnitt. Da sie immer noch an den Händen gefesselt war, konnte sie sich nicht wehren.

Als sie halb von Sinnen hörte, wie ein Auto abbog und anhielt, fing sie an zu schreien. Daraufhin ließ der Entführer von ihr ab und lief durch das Dickicht davon. Ein Hund und eine Frau hatten sie gefunden, später war noch eine andere Frau da, aber an mehr könne sie sich nicht erinnern.

Und dann fing sie an zu schluchzen. „Schauen Sie mich an!", jammerte sie, „meine schöne Haut, alles so zerschnitten! Ob das alles nochmal richtig heilt? Ich habe solche Angst!". Staiger konnte nicht viel sehen von der Haut, da alles unter Verbänden versteckt war. Aber von den Bildern auf ihrer Website und auf Social Media wusste er, dass sie wirklich sehr schön war, mit perfekter Haut und einem perfekt schönen Gesicht.

Dennoch wunderte er sich ein wenig. An ihrer Stelle wäre er froh gewesen, dem Entführer entkommen zu sein – wer weiß, was ihr noch geschehen wäre. Was war das Ziel des Täters? Jenny vergewaltigen? Sie ermorden? Und was war überhaupt das Motiv?

„Wie sieht es denn aus mit möglichen Verdächtigen?", fragte Staiger, „haben Sie denn privat oder beruflich Feinde?".

„Nein, ich glaube nicht, dass ich Feinde habe", erwiderte Jenny Schäfer und tupfte sich mit einem Taschentuch die Tränen aus den Augen, „es gibt eine andere Influencerin, The Magic Beauty, der konnte ich einen Werbevertrag wegschappen und seitdem giftet sie gegen mich, aber dass sie hinter dem Überfall stecken könnte, kann ich mir dann doch nicht vorstellen".

„Und wie ist es mit einem Stalker?", fragte Staiger, „gibt es unter Ihren Fans oder Followern jemanden, der Ihnen zu nahe tritt oder der Sie belästigt?".

„Nein, ich wüsste nichts von einem Stalker, alle meine Fans da draußen mögen mich sehr, ich kann mir nicht vorstellen, dass mir jemand etwas Böses tun will", schluchzte Jenny erneut los und fing schon wieder an, über die Verletzungen ihrer Schönheit zu jammern.

Sven Staiger fühlte sich ein wenig peinlich berührt, bemühte sich um einige tröstende Worte à la „das wird schon wieder werden" und erklärte, nun müsse er weitermachen, er werde sich melden, wenn weitere Fragen auftauchten.

Ein eifersüchtiger Freund

Kann Eifersucht das Motiv sein? Charlotte und Elisabeth unterhalten sich mit Jennys merkwürdigem Freund.

Als wir Sofia Kramer verlassen hatten, wollten wir möglichst schnell mit Jennys Freund Ugren sprechen. Aber leider ging er nicht an sein Handy. Also machten wir uns auf und fuhren zur angegebenen Adresse. Als wir klingelten, öffnete ein höchst attraktiver junger Mann die Tür, der ein Handtuch um die Hüfte trug und offensichtlich gerade aus der Dusche gekommen war. „Wer sind Sie, was wollen Sie?", fragte er ungehalten.

Charlotte fragte, ob er Jennys Freund sei. Ja, antwortete er, was denn los sei. Charlotte sagte, Jenny sei gestern Abend überfallen worden, ob er schon davon gehört habe. „Überfallen worden?", fragte er ungläubig. „Ja," antwortete Charlotte, „haben Sie noch nichts davon gehört?". „Nein", kam als Antwort, „ich hatte aber auch das Telefon über Nacht ausgeschaltet".

„Nun, es geht um die Frage, wer hinter dem Überfall stecken könnte", meinte Charlotte. Ich bewunderte ihr souveränes Auftreten. So, als ob sie hier die Ermittlungen führte. Der junge Mann kam erst gar nicht auf die Idee, nach einer Legitimation zu fragen.

„Also wenn einer Grund hatte," schimpfte er los, „dann war es ihr Ex-Freund, der ist ihr gegenüber immer noch sehr aggressiv und auch völlig eifersüchtig wegen mir". „Wie lange sind Sie denn schon mit Jenny zusammen?", wollte Charlotte wissen. „Das sind jetzt ungefähr drei Monate, aber der Typ hat's noch nicht geschnallt, dass er jetzt abgeschrieben ist," betonte dieser Ugren stolzgeschwellt.

„Und Sie sind nicht eifersüchtig?", fragte Charlotte, „immerhin ist Jenny wirklich eine schöne Frau und sie zieht bestimmt ganz viele Männer magisch an. Wie ist das für Sie, wenn Sie so mit der Kamera posiert?".

„Solange sie nur die Kamera anlächelt, ist alles gut", gab er brummend von sich, „sie darf nur nicht den Kameramann meinen", ergänzte er, „da hört der Spaß dann auf".

In diesem Moment öffnete sich die Tür zum Bad und eine junge Frau in einem großen Handtuch huschte über den Flur in ein anderes Zimmer.

Als Ugren die Tür zuklappen hörte, reagierte er plötzlich ungehalten. „Und jetzt gehen Sie und lassen Sie mich in Ruhe! Was wollen Sie überhaupt? Sind Sie von der Polizei?".

„Nein", antwortete Charlotte, „wir sind an der Sache beteiligt, weil wir Jenny gerettet haben ... wer weiß, was der Entführer mit ihr vorhatte". Und damit wandte sie sich um und ging, während ich dem jungen Mann verlegen zulächelte und ihr folgte.

Irgendwie war es mir dann doch peinlich, dass er so auf uns reingefallen war. Eigentlich hätte er uns ja gar keine Auskunft geben müssen. Wie gut, dass er das nicht gleich am Anfang gemerkt hatte. Es schien mir auf einmal gar nicht so leicht, solche Detektivarbeit zu leisten, wenn man sich nicht als Polizist oder andere Behörde ausweisen konnte.

Ein Zwischenfazit

Für Charlotte und Elisabeth ist Zeit für einen Imbiss – und damit auch Zeit für ein Zwischen-fazit.

„So, was denkst du nun?", fragte ich Charlotte, als wir wieder im Auto saßen.

„Also ich denke, der Typ ist ein ziemlich doofer Macho, der es mit Treue nicht allzu ernst meint, aber ich denke auch, dass er keinen Grund hat, seine Freundin so zu verletzen oder verletzen zu lassen. Ich denke, diese Spur bringt uns erst einmal nicht weiter. Aber eine andere Frage: Wir müssen erst um 13 Uhr zum Kommissar, das heißt, wir haben jetzt noch etwas Zeit", meinte Charlotte. „Wie wäre es mit einem Spaziergang für Benni und einem Imbiss für uns?".

"Gute Idee, wo willst du hin?".

„Erinnerst du dich an die Parkinsel hier in Ludwigshafen? Da sind wir als Kinder gewesen, wenn wir Tante Mathilde besucht haben. Das ist ideal für einen kurzen Spaziergang und auch nicht weit von der Polizei entfernt," schlug Charlotte vor.

Also machten wir uns auf den Weg dorthin. Als wir über die Brücke am Luitpoldhafen fuhren, kamen wir ins Staunen. Hier war in den letzten Jahren enorm gebaut worden, statt der Romantik des alten Industriehafens gab es hier jetzt dicht an dicht schicke Häuser und Villen. „Einerseits sehr schön, andererseits sehr grässlich", sagte ich, „findest du nicht auch?". Charlotte nickte stumm. Wir durchquerten die Parkinsel und fanden einen Parkplatz nahe am Rhein.

Mit Benni liefen wir ein Stück am Ufer entlang, die alte Pegeluhr am südlichen Ende erinnerte an unsere Besuche hier in der Kindheit. Dann kehrten wir zum Wagen zurück.

Auf einmal fand ich es richtig praktisch, mit einem Wohnmobil unterwegs zu sein und alles dabei zu haben. Vorratsschrank und Kühlschrank gaben genug her für einen Imbiss, außerdem gab es für mich eine Tasse Tee und für Charlotte einen starken Kaffee.

Und dann beschlossen wir, uns nochmal mit der Influencerin zu beschäftigen und stöberten im Internet in ihren Einträgen herum. Auf allen Kanälen das mehr oder weniger gleiche Bild: Beautiful Bella, geboren und aufgewachsen als Jenny Schäfer, zeigte sich auf Fotos und Videos. Immer perfekt geschminkt. Immer vor perfekter Kulisse. Wobei die eine oder andere Kulisse einfach nur eines der Plakate oder Riesenposter aus dem Foto-Atelier sein könnte. Urlaube an den schönsten Urlaubsorten. Städtetrips ohne Ende. Abende auf tollen Parties. Und zwischendurch vielleicht mal ein Bild beim Friseur oder beim Nageldesigner oder auch ein Bild von ihr an einem der Geräte in einem Fitnessstudio, leicht verschwitzt und trotzdem in perfekter Schön-heit.

„Schau hier, dieses Bild, wo sie sich in dem kurzen Kleidchen vor diesem Hintergrund zeigt", sagte ich zu Charlotte, „sieht der Hintergrund nicht aus wie das Bild mit den griechischen Inseln im Studio? Und hier dieses Bild: als stünde sie direkt unter dem Eifelturm ... und hier mitten in Las Vegas!".

„Stimmt, das könnte möglich sein, eine Ähnlichkeit zu den Hintergrundwänden im Studio ist jedenfalls da".

„Dann ist das doch alles nur Illusion, alles Kulisse, was hier auf diesen Kanälen aufgebaut wird", warf ich empört ein.

„Ja, es geht hier ganz klar um die Inszenierung ihrer Persönlichkeit – sofern sie wirklich eine echte Persönlichkeit ist und nicht nur eine Kunstfigur", kam Charlottes Zustimmung, „jedes einzelne Bild steht für sich, aber in der Gesamtheit ergibt sich die Illusion, ihr ganzer Lebensalltag bestehe darin, sich schön zu machen und vor schöner Kulisse zu posieren".

„Aber wie kann sich ein normales Mädchen damit identifizieren? Das sind doch Welten, mit denen normale Leute nie in Berührung kommen!?", wunderte ich mich, „Normalerweise haben die Leute tagsüber einen anstrengenden Job, Zeit fürs Fitnessstudio haben sie nur abends, nachdem der Einkauf noch erledigt ist, und die wenigsten machen jedes Wochenende so Mega-Parties, wie sie auf diesen Bildern zu sehen sind – wie kann man sich mit so einem Leben identifizieren?", fragte ich verwundert.

„Vermutlich ist es genau die gleiche Wirkung, wie sie früher von Schauspielerinnen oder Sängerinnen mit ihrem Glamour kam – den Menschen da draußen wird ein Traum verkauft von einem schönen, perfekten Leben", sagte Charlotte nachdenklich und stöberte weiter in Jennys Kanälen herum.

Die Bilder von ihr werden meist ergänzt von einigen Sätzen. Es gab viele rein rhetorisch gemeinte Fragen an ihre Follower wie „Habt Ihr auch so gut geschlafen wie ich?" oder „Kennt Ihr auch diese unwiderstehliche Lust auf Schokolade?". Häufig schenkte Jenny ihren Fans Komplimente wie „Eure Kommentare sind immer soo süß!". Und schließlich gab es zahlreiche nette Sinnsprüche über die Schönheit und das Leben.

In einer Aufnahme posierte sie sehr offen-
herzig und fragte in aller Direktheit: „Liebt Ihr
mich?" – worauf natürlich in den Kommentaren
unzählige Liebesbeteuerungen von ihren Fans
abgegeben worden waren.

Neben den Fotos publizierte sie auch zahlreiche Videos. Charlotte klickte sich durch ein
paar hindurch. Viele Filmaufnahmen zeigten
Jenny wie sie sich in Bikinis oder tollen Kleidern
präsentierte, deren Hersteller dezent erwähnt
oder mit Logo gezeigt wurden. Jenny plapperte
munter über die Kleidungsstücke und die
Kombinationen mit weiteren Accessoires und
zeigte Bilder, wie sie in dieser Kleidung vor
mondäner Kulisse zu sehen war.

Hin und wieder gab es Videos, in denen sich
Jenny beim Schminken präsentierte. Natürlich
wurden auch hier die Herstellerlogos mehr oder
weniger unauffällig eingeblendet oder Jenny
lobte in höchsten Tönen, wie frisch sich diese
oder jene Creme auf der Haut anfühlte.

„Klick' mal bitte auf das Video hier", bat ich
Charlotte. Hier war Jenny mit blaugefärbten
Haaren zu sehen. „Ogott, ich glaube, ich sterbe!",
ruft sie laut. „Schaut' mich an! Wie sehe ich aus?

Die Frisur ist ... diese Farbe ... mir fehlen die Worte! Das ist so schrecklich! Ich möchte am liebsten sofort sterben!". Und darunter eine Vielzahl von Beteuerungen, dass sie sogar mit schlecht gefärbten blauen Haaren noch immer unendlich schön sei.

„Was meinst du dazu?", wollte ich von Charlotte wissen.

„Naja, das ganze Geschäft sieht so aus, dass hier einige Menschen sich und ihr Leben in Fotos und Videos wie ein Märchen inszenieren, aber es ist eine Welt voller Lügen, denk' doch einfach an das Fotostudio mit den ganzen Kulissen", erinnerte mich Charlotte. „Und die Fans und Follower sind sozusagen die Währung, die bei den Influencern die Kassen klingeln lassen".

„Andererseits bietet dieses Geschäft auch Chancen", gab ich zu bedenken.

„Stimmt, es bietet Chancen auch ohne gute Bildung den Aufstieg zu schaffen, es braucht nur ausreichend Schönheit und etwas geschäftliche Cleverness", sagte Charlotte genervt. „Lass' uns mal aufhören, die Bilder und Videos haben jetzt wirklich gereicht, um von der Sache einen Eindruck zu bekommen. Aus meiner Sicht ist dieses

Influencer-Ding eine hohle und leere Fassade, nur der schöne Schein zählt hier, das kann und will ich mir jetzt nicht länger antun, für mich ist das reine Zeitverschwendung".

„Was sollen wir jetzt machen, wie sollen wir weiter vorgehen", fragte ich sie.

„Puh, gute Frage", gab sie zurück, „zunächst müssen wir zum Kommissar und unser Erlebnis gestern Abend zu Protokoll geben, danach sehen wir weiter".

„Eigentlich wollten wir unsere Zeit ja nicht mit diesem Influencer-Kram vertrödeln, eigentlich wollten wir doch ein paar Tage Urlaub machen", meinte ich.

„Du hast recht, eigentlich geht uns dieser ganze Kram gar nichts an", grinste Charlotte süffisant, „also lass' uns jetzt unseren weiteren Urlaub planen. Heute Abend geht es wieder zu unserem Wohnmobilplatz beim Winzer. Was ist mit dem morgigen Tag? Sollen wir noch einmal nach Bad Dürkheim und nach Speyer? Oder erst zu Hedi nach Kirchheimbolanden? Am Eiswoog war es früher auch immer sehr schön. Und Hedi sagte auch etwas von einer schönen Mühlenwanderung bei Kleinkarlbach, die wir unbedingt mit Benni machen sollten".

Wir probierten noch einmal Hedi zu erreichen, aber nur ihr Mann ging ans Telefon und meinte, sie sei gerade einkaufen, wir sollten es später wieder versuchen.

Dafür rief Claudia bei uns an und wollte wissen, ob wir noch an der Sache dran seien und natürlich bekam sie von uns eine kurze Zusammenfassung, bevor wir uns mit dem Wohnmobil auf den Weg zum Polizeipräsidium machten.

Ich bewunderte Charlotte, sie war auch im Stadtverkehr schon sehr geschickt im Steuern des großen Wagens, ich hätte mir das nicht zugetraut. Aber das war nicht weiter verwunderlich, denn zu Hause habe ich nur einen Kleinwagen, da war ich diese Dimensionen gar nicht gewöhnt. Mit einem Parkplatz war es allerdings nicht ganz so einfach: Wir mussten ein Stück von der Polizei entfernt parken und wieder zurücklaufen.

In Trauer und Wut

Noch immer bleibt das Motiv für den Überfall sehr rätselhaft – auch wenn sich langsam mögliche Hintergründe herauskristallisieren.

Müde lag der junge Mann auf seinem Bett und schaute auf die andere Seite, die leere Seite des Doppelbetts. Er fühlte sich völlig zerschlagen und matt. Aber die Ursache war nicht allein der Fehlschlag des gestrigen Tages. Eigentlich fühlte er sich schon die ganzen letzten Wochen völlig zerschlagen und matt. Eigentlich seitdem sie nicht mehr da war. Nicola fehlte ihm so sehr. Nie hätte er für möglich gehalten, dass sie ihm so fehlen würde. Ohne sie war alles nichts.

Er spürte Durst und beschloss aufzustehen. Mit dem Entführungsplan gestern hatte er ein Ziel gehabt, frische Energie in sich gefühlt. Mit dem Fehlschlag war alles verpufft. Futsch. Weg. Er fühlte sich wieder wie zuvor, wie ein nasser Sack voll Trauer und Elend.

Er schaute wieder auf die Uhr. Es war schon richtig spät geworden. Er schlurfte ins Bad und begann diszipliniert mit der Morgentoilette. Das Zähneputzen schaffte er noch, aber dann war ihm doch alles zuviel. Duschen und Haarewaschen könnte er ja auch später erledigen. Nicola mochte keine Männer, die nicht gepflegt aussahen. Aber das war jetzt egal, denn Nicola war nicht mehr da. Also würde er auch ungepflegt herumlaufen. Sollen die Leute doch denken, was sie wollen, dachte er.

Frühstück? Auch egal. Aber wenigstens einen starken Kaffee. Vielleicht brachte das Koffein ein paar Lebensgeister zurück. Also ging er in die Küche und fing an Kaffee zu kochen. Dort sah es ebenso ungepflegt aus wie in seinem Seelenleben. Früher war er stolz gewesen, dass Besuch zu jeder Tages- und Nachtzeit hätte kommen können, sogar unangemeldet, denn bei ihm hatte es immer piccobello ausgesehen. Jetzt nicht mehr. Nicht mehr seitdem Nicola gegangen war. Nichts mehr war wie vorher. Und diese blauäugige, blöde Kuh war schuld daran!

Und wieder erfasste ihn diese Wut. Er schaltete den Computer ein und startete den

Videokanal von Beautiful Bella. Er sah, wie sie mit der Kamera flirtete, wie sie neckend ihre langen Haare hinter ihre Schultern legte, wie sie in Richtung der Kamera eine Kussbewegung machte. Er sah sie und er hasste sie. Sie war an seinem Elend schuld.

Fühlte er Reue wegen gestern? Als sie gestolpert war und sich wehgetan hatte, spürte er fast etwas wie Mitleid mit ihr. Aber dann spürte er den tiefen Schmerz in ihm drin und die Wut gewann wieder die Oberhand. Am liebsten würde er diese oberflächliche Schönheit zerstören – oder war es vielmehr eine schöne Oberflächlichkeit? Egal. In einem Anflug von Wut und Zorn warf er die Kaffeetasse an die Wand, wo sie laut zerschellte.

Am Ende eine Warnung

Bis auf eine bessere Beschreibung des Turnschuhs bringt das Gespräch bei der Polizei nicht viel. Und am Ende bekommen Elisabeth und Charlotte eine kleine Warnung mit auf den Weg.

Pünktlich kamen wir bei der Polizei an, mussten aber erst an der Pforte warten und wurden schließlich eingelassen.

Das Büro des Kommissars war recht beengt. Unabhängig davon mussten wir sowieso getrennt befragt werden. Charlotte war zuerst dran, ich wartete draußen auf dem Gang. Gott sei Dank gab es eine Sitzgelegenheit.

Es dauerte eine ganze Weile, bis Lotte rauskam und ich ins Büro gebeten wurde. Die Befragung war gar nicht so spektakulär wie ich gedacht hatte. Eher sehr penibel und fast bürokratisch.

Was weiß ich, um welche Uhrzeit wir auf den Parkplatz abgebogen sind oder um welche Uhrzeit wir die verletzte Frau gefunden haben. Auf solche Details hatte ich doch gar nicht geachtet!

Und auch zum Auto, das dort auf dem Parkplatz gestanden hatte, konnte ich nicht viel sagen. Es war einfach nur ein ganz normales Auto mit einer unauffällig dunklen Farbe. Auf ein Kennzeichen hatte ich ebenso wenig geachtet.

Ich denke mir doch nichts Böses, wenn ich mit Benni beim Gassigehen bin, da schaue ich mir dann auch nicht jedes Auto genau an, das irgendwo geparkt ist.

Zur Beschreibung des Täters konnte ich auch nicht viel beitragen. Vom Alter her hätte er von Anfang 20 bis Mitte 30 sein können. Die Haut war eher hell, aber wegen der Kapuze konnte ich keine Haare sehen und keine Angaben zur Frisur oder zur Haarfarbe machen. Die Größe? Hm. Da er mich in geduckter Haltung angerempelt hat und ich gleich hingefallen bin, konnte ich dazu auch nicht viel sagen, das könnte von 1,70 bis 1,85 m gewesen sein.

Tja, und auch die Beschreibung der Kleidung war am Ende nicht besonders aussagekräftig: dunkle Jeans und eine dunkle Jacke mit Kapuze, auffallend waren nur die Turnschuhe, aber da es zu diesem Zeitpunkt schon leicht dämmrig war hatte ich kein genaues Bild von den Schuhen im Kopf.

„Könnten Sie wenigstens irgendwas zu den Schuhen sagen?", fragte der Herr Staiger.

„Oje, das ging so schnell, mir sind im Halbdunkel nur grelle Farben und seltsame Formen aufgefallen".

„Wie lassen sich die Formen denn beschreiben?", hakte er nach.

„Achduje, das ging doch alles so schnell, das kann ich jetzt wirklich nicht sagen".

„Wenn Sie es nicht gut beschreiben können, könnten Sie es denn aufzeichnen?", setzte der Ermittler fort.

„Das habe ich schon versucht, aber es ist mir nicht wirklich gelungen", erklärte ich und fragte, ob es auch für Schuhe einen Phantomzeichner gebe. Gab es nicht. Stattdessen versuchten wir, über den Computer im Internet nach Sportschuhen zu schauen, um so über Ähnlichkeiten das ungefähre Aussehen der Schuhe bestimmen zu können.

Bei einem Schuh mit grellgelbem Sohlenrand blieb mein Blick hängen: Ja, das war ein Merkmal, das ich deutlich wahrgenommen hatte, allerdings war der Schuh oben dunkler, entweder schwarz oder dunkelblau, und er hatte noch ein Muster. Also konzentrierten wir uns in der Suche auf dunkelfarbige Schuhe mit einem auffallenden

Muster und gelben Streifen an der Sohle. Leider fanden wir kein Schuhmodell, das genau gepasst hätte. Aber immerhin war die Beschreibung im Vergleich zu gestern Abend schon etwas genauer geworden.

Ich spürte dann bald, dass bei mir die Luft raus war und der Herr Staiger machte sich an das Protokoll. Als das fertig war, wurde es nochmal vorgelesen, dann ausgedruckt und dann habe ich es unterschrieben.

Als wir nach draußen zu Charlotte gingen, wurde mir bewusst, dass sich das alles insgesamt mehr als eine Stunde hingezogen hatte. Mir reichte es, ich bräuchte jetzt wirklich einen kräftigen Kaffee.

Herr Staiger begleitete uns zurück zur Pforte. Als wir dort ankamen und uns verabschieden wollten, kam von ihm eine eindringliche Warnung: „Wir wissen zwar noch nichts vom Täter und vom Motiv, aber die Art der Verletzungen zeigt, dass hier sehr viel Aggression im Spiel ist, wir schätzen den Täter als unberechenbar und gefährlich ein. Das ist Punkt eins, den ich Ihnen noch sagen wollte. Punkt zwei: Wie ich gehört habe, waren sie bei Sofia Kramer und Ugren

Pashku, um mit beiden zu reden. Ich möchte Sie warnen: Mischen Sie sich nicht in unsere Ermittlungen ein, hören Sie auf damit. In Ihrem Alter sollten Sie lieber das Leben genießen, gönnen Sie sich doch jetzt den Kurzurlaub, den Sie machen wollten!".

Damit verabschiedete er sich von uns und öffnete uns die Tür nach draußen. Und wir? Wir gingen sprachlos hinaus.

Am Grab

Der junge Mann ist am Grab seiner Liebsten, trauert und denkt an die Vergangenheit zurück.

Er kauerte vor dem Grab und legte die Hände auf den kühlen Stein. Kalter Stein über einem kalten Grab. Er dachte an früher zurück, an Nicolas warmen Körper, an ihr warmes Lachen, ihre Warmherzigkeit. All das war verloren gegangen.

Seine Augen wollten sich mit Tränen füllen, aber er wischte schnell mit dem Ärmel darüber und atmete tief ein und langsam wieder aus. Auch wenn ihm von außen nicht viel anzusehen war, aber der Schmerz saß tief. Ihm schien, als hätten sie sich ein ganzes Leben lang gekannt. Ihre Eltern hatten sie immer mit dem Wort „Sandkastenliebe" geneckt.

Und tatsächlich war es so gewesen: sie hatten sich bereits im Friesenheimer Kindergarten angefreundet und besuchten auch gemeinsam die Grundschule in der Luitpoldstraße. Erst zur fünften Klasse trennten sich ihre Wege: Nikki ging auf das Max-Planck-Gymnasium, während seine Eltern nach Mutterstadt zogen und ihn wegen der besseren Bus- bzw. Straßenbahnverbindung auf dem Carl Bosch anmeldeten.

Da seine Großeltern aber nach wie vor im Amselweg in Friesenheim lebten, war er oft dort zu Besuch, manchmal auch übers Wochenende, und jedes Mal ging er zum Haus von Nicolas Eltern und klingelte dort. Nur selten war sie bei einer Freundin, meist war sie zu Hause, so dass sie sich auch nach der räumlichen Trennung noch oft sehen konnten.

Anfangs gingen sie immer auf den vertrauten Spielplatz, schaukelten so hoch in den Himmel wie es ging oder kreiselten auf dem Karussell, bis ihnen schwindlig wurde. Aber irgendwann fühlten sie sich zu groß dazu. Ab dann stromerten sie durch Friesenheim oder gingen durch den Ebertpark zu dem Minizoo mit den Vogelvolieren.

Als sie noch größer waren, fuhren sie mit den Fahrrädern oder der Straßenbahn in die Innenstadt, gingen an den Rhein oder sie überquerten den Fluss und fuhren nach Mannheim rüber. Ab und zu trafen sie sich auch mit Mitschülern, aber seine Freunde konnten mit ihren Freundinnen nicht so viel anfangen und umgekehrt – und so blieben sie bei ihren Unternehmungen meist nur zu zweit.

Irgendwann kam ein erster flüchtiger Kuss, später eine erste feste Umarmung und nach und nach wurde eine richtige Liebesbeziehung daraus. Wobei sich für den jungen Mann nicht viel änderte, er hatte das Gefühl, als ob er sie schon immer geliebt habe, schon als kleines Mädchen im Kindergarten war sie sein Augenstern.

Sie hingegen war viel unsicherer, fühlte sich seiner Liebe überhaupt nicht wert genug, was er wiederum nicht verstehen konnte, da er sie geradezu anbetete. „Ich bin doch gar nicht so schön", sagte sie dann immer. Und er beteuerte, dass er sie wirklich schön fände, die Farbe und das Leuchten ihrer Augen, ihr Lächeln, diese entzückende Anmut ihrer Mimik und Gestik, die Art, wie sie ihn anschaute, wie sie mit den Händen durch ihr Haar fuhr. Und immer, wenn er ihr beteuerte, wie schön sie für ihn war, wurde sie etwas stiller und schien tief in sich hineinzuhorchen.

Nun war sie weg. Für immer! Sie fehlte ihm so sehr! Der Schmerz schien ihn innerlich zu zerreißen. Schnell stand er auf und verließ den Friedhof zur Kopernikusstraße hinaus.

Ein Anruf

Durch einen Anruf erfahren Charlotte und Elisabeth, dass die Geschichte von dem Überfall jetzt durch die Medien geht.

Als wir endlich zum Wohnmobil zurückkehrten, freute sich Benni, hüpfte im engen Auto herum und wäre vor Freude gern losgeflitzt. Leider ging das hier am Parkplatz nicht, es war zu viel Verkehr und überhaupt kein Freilauf in Sichtweite. Aber der Hund ließ sich auch schnell beruhigen: Mit dem Kauknochen auf der Hundedecke liegend war die Hundewelt gleich wieder in Ordnung.

Wir wollten gerade einen Kaffee kochen und dann nochmal bei Hedi anrufen, als mein Handy klingelte. Es war Miriam. „Hallo Oma," rief sie ganz laut ins Telefon, „Mama hat uns erzählt, was bei euch los ist, das sind ja richtig aufregende Nachrichten! Kann ich nicht kommen und dabei sein?".

„Bei was willst du dabei sein?", fragte ich erstaunt. „Na, bei diesem Kriminalfall, in den ihr verwickelt seid!", kam als Antwort.

„Moment mal, wir sind nur Zeuginnen, mehr nicht!", versuchte ich, die Situation zu entschärfen. Das Kind hatte schließlich Schule, da konnte sie nicht einfach herkommen, um bei uns dabei zu sein. Bei was überhaupt dabei sein? Der Kommissar hatte uns doch klipp und klar gewarnt, uns nicht weiter einzumischen, wir würden jetzt unseren Urlaub genießen. Oder nicht?

„Aber Oma!", tönte es empört aus dem Handy, „wenn du wüsstest, was hier unter meinen Freundinnen los ist!". „Woher wissen die denn davon? Hast du es ihnen etwa erzählt? Und wer hat es dir überhaupt erzählt?", wollte ich wissen.

„Also ich wusste es, weil Tante Claudia mit Mama telefoniert hat. Und ich habe es auch nur meiner allerbesten Freundin erzählt, sonst niemandem. Aber inzwischen weiß es jetzt sowieso jeder, denn eine Journalistin hat das mit dem Überfall herausgefunden und ein Bild von einer übel aussehenden Beautiful Bella ins Netz gestellt!".

„Ein Bild von ihr im Netz?", fragte ich nochmal nach. „Ja, quer durch alle Kanäle", berichtete Miriam, „du findest es in allen Portalen, auf Facebook wird's geteilt, es ist auf Instagram, es ist überall!"

„Und was sagen ihre Fans dazu?", fragte Charlotte dazwischen, die das Gespräch mit-gehört hatte. „Na, die meisten wünschen ihr natürlich, dass die Wunden alle wieder gut heilen, aber manche ihrer Follower sind schon ein wenig gehässig, so von wegen, dieser Zicke geschiehe es ganz recht oder ähnlich fiese Kommentare", erklärte Miriam, „also wie sieht es aus: kann ich zu euch kommen und euch helfen, den Täter zu fangen?".

„Schatz, jetzt sei bitte vernünftig und denk' erst einmal nach! Erstens passt es nicht, weil du Schule und keine Ferien hast. Zweitens passt es nicht, weil es hier einen Kommissar gibt, der ermittelt und wir bei allen Ermittlungen völlig außen vor sind. Wir haben eben unsere Aussagen als Zeugen abgegeben und damit ist unsere Rolle in diesem Kriminalfall beendet!", verwies ich meine Enkelin so energisch wie ich es konnte. Denn eigentlich wäre es schön, wenn Miriam oder auch ihr Bruder Moritz mit uns reisen könnten, aber jetzt war wirklich nicht der passende Zeitpunkt.

Miriam zickte noch ein wenig herum, aber auch Charlotte wies noch einmal darauf hin, dass keine Ferien seien und deshalb die Schule an erster Stelle stünde und so war Miriam schnell wieder einsichtig.

Als wir das Telefonat beendet hatten, schauten wir uns an. Wie würde diese Sache weitergehen? Aber erst einmal sollten wir nochmal versuchen, bei Hedi anzurufen.

Etwas läuft völlig falsch

Die Nachricht über den Überfall auf Beautiful Bella verbreitet sich wie ein Lauffeuer durch die verschiedenen Kanäle. Und auch der junge Mann erfährt davon.

Als der junge Mann nach Hause kam, ging er an den Computer. Gerade in den letzten Wochen war es ihm zur festen Gewohnheit geworden, mehrmals am Tag die Kanäle der Influencerin aufzurufen, um nach neuen Inhalten zu schauen.

Und es gab neue Inhalte! Irgendeine freischaffende, aber weitgehend unbekannte Journalistin mit einem eigenem Beauty- und Mode-Blog hatte Wind bekommen von dem Überfall, war unverfroren ins Krankenhaus marschiert, hatte mit gezückter Kamera die Tür zum Krankenzimmer geöffnet und mehrere Aufnahmen von einer sichtbar erschrockenen Jenny Schäfer gemacht. Und diese Aufnahmen hatte sie dann auf ihrem Blog online gestellt und auf Jenny Schäfers alias Beautiful Bellas Kanal einen Hinweis gepostet.

Daraufhin geriet Jennys Followerschaft in hellste Aufregung, andere Medienanbieter griffen die Nachricht auf, kurz und gut: Die Nachricht war jetzt überall im Netz und selbst als Sofia in Jennys Büro alarmiert wurde und den ungebetenen Kommentar von Jennys eigenem Kanal löschte, ließ sich diese Infoflut nicht mehr aufhalten.

Eine Welle des Entsetzens und des Mitgefühls schwappte bereits durchs Netz:

„Ich liebe Beautiful Bella und wünsche ihr nur das Beste!" MAGICGIRL um 14:07 Uhr

„Sie is immer so schön gewesen, hoffentlich bekomt sie ihre Schönheit wieder gans zurück!" FEENGLANZ um 14:08 Unr

„Habt ihr Bella ihr Gesicht gesehen? Trotz der dicken Verbände - rund um das eine Auge ist ein dunkelblaues Veilchen zu sehen. Wer hat ihr das nur angetan?" JOY123 um 14:08 Uhr

„Das ist einfach nur der Hass der Männer auf erfolgreiche Frauen, wir brauchen mehr Frauen auf Vorstandsebene, damit sich Männer endlich an Frauenerfolge gewöhnen!" FEMPOWER um 14:09 Uhr

„Was für ein Irrer ist das gewesen ihr das anzutun, der Typ ist doch bekloppt!" MARCARELI um 14:09 Uhr

„Für mich ist sie immer noch die Schönste im ganzen Land!" JULIETTA um 14:11 Uhr

Dazu noch zwei ganz schräge Kommentare, die hinter dem Überfall die Anfänge der Weltverschwörung sahen, um die nichtsahnende Bevölkerung besser zu überwachen, was von Bella in ihrer Klugheit offensichtlich erkannt worden wäre. Aber diese Deutung wurde wiederum von Bellas Anhängern strikt zurückgewiesen, denn Bella hätte mit Aluhüten nie etwas am Hut gehabt. Und mit jeder Minute sammelten sich weitere Kommentare über Bella und ihre verletzte Schönheit an.

Der junge Mann überflog die Kommentare und ihn packte schon wieder die Wut. Wieso ging es im Netz – abgesehen von dieesn völlig verqueren Verschwörungstheorien – fast nur ums Schönsein und die Schönheit? Was war denn mit den vielen anderen Eigenschaften? Zählten Klugheit oder Weisheit nichts mehr? Oder Warmherzigkeit und Humor? War das alles nichts wert? Wieso diese hirnlose Beschränkung auf das Äußere? Merkte denn niemand da draußen, was mit diesem Schönheitswahn alles kaputtgemacht wurde? Das lief doch alles ganz falsch!

Und dann entdeckte der junge Mann den Aufruf an die Anhängerschaft. Einige Fans und Follower wollten sich an der Klinik versammeln, um für Bella ein Zeichen ihrer Liebe zu setzen. Wäre das nicht eine Gelegenheit für ihn, die Welt über die Falschheit zu informieren? Und ein Zeichen zu setzen für Nicola?

Jetzt erst recht

Geht es jetzt in den verdienten Urlaub? Oder ist der Ruf des Abenteuers doch lauter als gedacht? Jedenfalls stehen Elisabeth und Charlotte nun vor einer echten Entscheidung.

Hedi hatten wir immer noch nicht erreicht, ihr Mann meinte, sie hätte einen Zahnarzttermin, wir sollten es später versuchen. Langsam überkam Charlotte und mich etwas Hunger. Wir hatten jedoch keine Lust, auf dem Parkplatz mitten in Ludwigshafen einen größeren Kochaufwand in der kleinen Küche des Wohnmobils zu betreiben, daher beschlossen wir, irgendwo essen zu gehen. Aus früheren Jahren kannten wir ein Restaurant zwischen Friesenheim und Oppau und hatten uns dorthin durchgeschlagen. Benni freute sich, aus dem Wohnmobil raus zu dürfen und ein paar Meter laufen zu können, bis wir uns draußen im Biergartenbereich an einen Tisch setzten.

Während wir auf das bestellte Essen warteten, kamen wir wieder auf die Geschehnisse der letzten Stunden zu sprechen. Dass sich der Überfall jetzt sogar bis zu Miriam und ihren Teenager-Freundinnen herumgesprochen hatte, gab der Sache eine Bedeutung, die uns vorher nicht bewusst war.

„Diese Influencer scheinen tatsächlich großen Einfluss zu haben", sagte ich zu Charlotte. „Ja, ich staune auch über dieses Phänomen", antwortete sie nachdenklich, „aber ich versuche gerade, mich in unsere Kindheit und Jugend zurückzuversetzen. Denk' doch mal, wie wir unseren damaligen Idolen anhingen, ihre Kleidung und ihr Auftreten imitierten, um ihnen möglichst ähnlich zu sein".

„Aber für mich ist da ein Unterschied", gab ich zurück, „Frauen wie Romy Schneider, Audrey Hepburn und auch Katharine Hepburn wurden durch ihre Schönheit *und* durch ihre schauspielerischen Leistungen berühmt und wir haben sie deshalb verehrt. Aretha Franklin, Tina Turner oder auch Joan Baez haben uns mit ihren Songs mitgerissen, darum haben wir sie angehimmelt. Kurz und gut: diese Influencerinnen damals konnten noch andere Verdienste vor-weisen als nur das Schönsein in den Vorder-grund zu stellen und Schminktipps zu geben!".

„Ich gebe dir völlig recht, das ist auch der Grund, warum ich die Fans der heutigen Influencer nicht wirklich verstehe: Sind die wirklich so oberflächlich und unkritisch?", antwortete Charlotte, als die Bedienung an den Tisch kam und unsere Salate und Pastagerichte servierte. „Wir waren früher doch anders – oder sehe ich unsere Vergangenheit jetzt völlig verklärt?", fragte sie, während sie das Besteck ergriff. „Nein, ich gebe dir recht, mir geht es ganz ähnlich", stimmte ich ihr zu.

Die nächsten Minuten blieben wir schweigsam und ließen uns das Essen munden.

„Weißt du, was mir auch durch den Kopf gegangen ist?", fragte ich, während ich einen Rest der leckeren Pastasauce mit der Gabel aufnahm. „Du denkst gerade an das Gespräch mit dem Kommissar, schätze ich", antwortete Charlotte. Ich musste innerlich lächeln. Wie perfekt wir uns doch immer noch verstanden! Es tat mir gut, das zu erleben!

„Stimmt, du hast den Nagel auf den Kopf getroffen", schmunzelte ich, „mich ärgert immer noch, was er uns am Schluss gesagt hat und wie mich das so überrascht hat, dass ich erst einmal sprachlos war". „Das geht mir auch so", sagte Charlotte, „als er gesagt hat, ‚In Ihrem Alter sollten Sie‘ habe ich zuerst noch gedacht, er hat recht ... aber dann hat es mich doch geärgert, dass er uns quasi zum alten Eisen erklärt".

„Ja, so war es", sagte ich, „ich dachte, ich sollte widersprechen ... aber dann war ich so perplex, dass mir gar nichts eingefallen ist ... manchmal wünschte ich mir, ich wäre in solchen Situationen schlagfertiger ... kennst du das, dass man für sich denkt, man müsste widersprechen, aber just in dem Moment fällt einem nichts ein und erst viel später kommt einem die passende Antwort in den Sinn?".

„Ja, es passiert mir zwar eher selten, aber hin und wieder habe ich das durchaus erlebt", sagte Charlotte mit einem eher grimmigen Lächeln, „aber genug von diesem Hätte-hätte-Fahrrad-kette, es ist, wie es ist, wir waren eben nicht schlagfertig zu genug, um gleich zu reagieren. Die Frage ist ja aber: Was machen wir daraus? Ich persönlich will mich nicht fügen, ich fühle mich gerade ziemlich herausgefordert! Und du?".

„Ach, ich weiß nicht ... auf der einen Seite denke ich, der Kommissar hat recht, ich fühle mich manchmal schon wie jemand, der sich zur Ruhe setzen könnte ... auf der anderen Seite ärgert es mich, wenn ich zum alten Eisen erklärt werde, das wurmt mich dann doch ...".

„Und was machen wir jetzt? Urlaub? Oder doch weitermachen?", wollte Charlotte von mir wissen.

„Es fällt mir schwer, hier eine klare Linie zu finden. Auf der einen Seite hatte ich mich gestern Abend bei dem Überfall fast zu Tode geängstigt, ich bin ganz gewiss nicht die geborene Heldin, dazu bin ich zu ängstlich", erklärte ich.

„Und auf der anderen Seite?", fragte Charlotte.

„Auf der anderen Seite steht doch eine gewisse Neugier. Weißt du, ich habe so viele Jahre lang ein richtig braves Leben geführt, als Ehefrau, als Hausfrau, als Mutter und auch in meinem Beruf als Lehrerin an einer Grundschule war ich immer sehr verlässlich und solide – und jetzt, wo ich durch einen Zufall in ein echtes Abenteuer hineingeraten bin, merke ich, dass innen in mir drin doch noch ein Stückchen Abenteuerlust drin steckt, das vielleicht ganz gern rauskommen möchte".

Charlotte lachte belustigt auf. „Ein Stückchen Abenteuerlust, das gern rauskommen möchte – die Formulierung finde ich genial gelungen! Mir geht es nämlich so ähnlich, auch wenn mein Leben nicht ganz so brav verlaufen ist wie deines, aber mich lockt es durchaus, mehr über die Hintergründe des Überfalls zu erfahren, das Motiv dafür erscheint mir so rätselhaft und es reizt mich sehr, das Rätsel zu lösen!", hob sie hervor.

„Also gut, dann ist es abgemacht: Wir stecken unsere Nase trotz der Warnung des Kommissars doch noch einmal in diese Angelegenheit rein!", rief ich aus, „und wo sollen wir jetzt anfangen?".

„Erinnerst du dich an das Telefonat der Mitarbeiterin, wie hieß sie, Sofia ..."

„Kramer", ergänzte ich, „die junge Frau hieß Sofia Kramer".

„Ja, genau die", erwiderte Charlotte, „nach dem Gespräch mit uns hat sie doch mit dem Kommissar telefoniert und dabei wurde doch erwähnt, dass Jenny Schäfer hier in Ludwigshafen in der Unfallklinik liegt ... lass' uns noch schnell einen Espresso trinken, dann zahlen wir und fahren zum Krankenhaus. Mal schauen, ob sich dort etwas Neues ergibt".

Eine wichtige Entdeckung

Sofia Kramer wird ebenfalls aktiv bei der Suche nach dem Täter. Und: sie macht dabei eine wichtige Entdeckung.

Jennys Assistentin Sofia saß im Büro und verzweifelte. So viele Anrufe gingen ein, von Freunden, von Geschäftspartnern, von Journalisten. Für Jenny alias Beautiful Bella zu arbeiten war schon immer mit viel Hektik und Trubel verbunden, aber der heutige Tag schlug alles Dagewesene.

Nachdem sie das gefühlt einhundertste Telefonat beendet hatte, rief sie Jenny an und verkündete, sie könne unmöglich standig alle Telefonate beantworten, daher schlage sie vor, eine Bandansage auf dem Anrufbeantworter zu hinterlassen, und außerdem bräuchte es eine offizielle Botschaft von ihr für die Fans und Follower auf den verschiedenen Kanälen.

Jenny war mit den vorgeschlagenen Textbotschaften einverstanden und so konnte Sofia eine Ansage aufnehmen, in der mitgeteilt wurde, dass Jenny derzeit nicht erreichbar sei, alle wichtigen Nachrichten seien über ihre Kanäle abrufbar.

Im nächsten Schritt stellte Sofia auf der Website und den Social-Media-Kanälen eine Info online über den Überfall und die Verletzungen und dass die Ärzte zuversichtlich seien über den weiteren Heilungserfolg. Jenny freue sich sehr über die Anteilnahme ihrer Fans und Follower und versicherte, die vielen guten Wünsche würden sicherlich bei einer schnellen Genesung helfen.

Als der letzte Beitrag online war, atmete sie tief ein. Geschafft! Jetzt erst einmal einen Kaffee! Sie ging in die Kaffeeküche, holte sich eine Tasse voller Koffein plus lebenswichtige Kohlenhydrate in Form von Keksen und marschierte mit der Stärkung zurück zum Schreibtisch.

In den Social-Media-Kanälen kamen die ersten Rückmeldungen auf die Beiträge. Das meiste waren Betroffenheitsmeldungen und Genesungswünsche, aber es waren auch wieder ein paar bissige Kommentare dabei. Die bissigeren Kommentatoren wurden jedoch sofort von den Fans selbst angegriffen, die um Beautiful Bella gewissermaßen eine Wagenburg bildeten und sie gegen alle Angriffe von außen verteidigten. Es war eine fest verschworene Gemeinschaft, die fest zu ihr hielt.

Sofia ging in der Liste der Einträge zurück, um zu schauen, ob sich in der Schar der Fans vielleicht doch ein Stalker finden ließ, der zuvor unentdeckt geblieben war. Aber nein, so ein typischer Stalker, der Jenny wieder und wieder belästigt hätte, tauchte nicht auf. Stattdessen gab es hin und wieder kleinere Scharmützel zwischen Jennys Fans und den Fans anderer Influencerinnen, wer denn nun die schönere sei. Statt dem Selbstbildnis von „Spieglein, Spieglein an der Wand" zählte die Anzahl der Follower, die sich lautstark zu Wort meldeten.

Und dann gab es auch einige Gelegenheiten, wo Beautiful Bella sich zu Wort meldete. Immer wieder hatten sich junge Frauen mit eigenen Bildern gemeldet und wollten gern für ihr Aussehen, ihre Figur oder ihr Make-up von ihrem großen Vorbild gelobt werden. Jenny lobte zwar auch hin und wieder, aber sie schien sich vor allem in der Rolle der Allerschönsten zu gefallen und so teilte sie gern aus, um über weniger hübsche Frauen abzulästern.

„Manchmal ist sie doch ein echtes Biest", dachte Sofia für sich. Als jüngeres Mädchen war Sofia viel auf einem Pferdehof gewesen und sie erinnerte sich an die Leitstute, die alle anderen wegbiss. „Vielleicht einfach nur diese typische Stutenbissigkeit", dachte sie.

Und dann entdeckte sie einen jungen Mann namens Daniel Zimmermann, der sich zu Wort gemeldet hatte und der Bella mit ihrer Schönheitsfixierung angriff, weil sie damit völlig falsche Signale setze, die für andere, weniger selbstsichere Frauen fatal sei.

Sie klickte auf das Profil und entdeckte noch mehr kritische und sogar hasserfüllte Beiträge zu der oberflächlichen, inhaltsleeren und dummen Scheinwelt der Schönen.

Als sie weitere Einträge mehrere Monate in die Vergangenheit zurückging, waren zahlreiche Beiträge und Bilder zu finden, die eine junge Frau zeigten. Dieser Daniel Zimmermann hatte diese Frau offensichtlich geliebt, aber sie war gestorben. Ob durch eine Krankheit oder einen Unfall wurde nicht gesagt, es gab nur diese Botschaften der Trauer.

Am Anfang waren unter Daniel Zimmermanns Beiträgen noch weitere Trauerbekundungen zu sehen, aber diese Bekundungen von Kollegen und Freunden wurden mit der Zeit weniger. Nur die tiefe Trauer des Daniel Zimmermann zog sich wie ein roter Faden durch die Historie seiner Beiträge hindurch.

Könnte dieser Daniel Zimmermann mit seinem Hass auf die Welt der Schönen hinter dem Überfall auf Bella stecken? Sofia wollte es genauer wissen und beschloss, mit dem Laptop zu Jenny in die Klinik zu gehen – vielleicht konnte Jenny etwas zu diesem Mann sagen, vielleicht könnte das ein wichtiger Hinweis für den Kommissar sein.

Ein vager Verdacht

Auf Elisabeth und Charlotte warten wichtige Neuigkeiten und sie machen eine aufregende Entdeckung – Charlotte versucht, den Verdächtigen zu verfolgen und auch Elisabeth steht vor einer schwierigen Aufgabe. Ob das alles gut geht?

Auf der Fahrt zum Krankenhaus klingelte mein Handy, es war mein Sohn. Ich konnte mir denken, warum er anrief. Vermutlich waren sich meine beiden Kinder einig, dass ihre Mutter sich nicht um irgendwelche Ermittlungen kümmern sollte. Seufzend schaute ich zu Charlotte, die mir aufmunternd zuzwinkerte, und nahm dann das Telefonat an.

Es kam, wie ich gedacht hatte. Simon machte mir Vorhaltungen, dass wir uns möglicherweise unnötig in Gefahr brächten. Als Detektiv habe er genug solcher Situationen erlebt, wir sollten nicht denken, dass es hier um ein Kinderspiel ginge. Und wenn schon Charlotte nicht vernünftig sei, dann solle ich mich bitte nicht von ihrer Abenteuerlust mitreißen lassen. Ich hätte schließlich Familienangehörige, die sich Sorgen machten. Und so weiter. Und so fort.

So viele Worte machte mein Sohn sonst nie. Es schien ihm wirklich ernst zu sein. Ich beruhigte ihn, so gut ich konnte. Er wollte wissen, ob wir schon mit Tante Hedi etwas ausgemacht hätten und ob wir schon auf dem Weg zu ihr seien. Ich begütigte ihn, wir hätten es schon versucht, aber sie wäre vorhin beim Zahnarzt gewesen und wir wollten es heute Abend nochmal probieren.

Endlich schien Simon sich zu beruhigen. Ich versprach ihm, wir würden uns heute Abend melden, wenn wir mehr wüssten über unseren Besuch bei Hedi.

Kaum hatte ich aufgelegt, kamen wir schon an der Klinik an. Es war schier unmöglich, einen Parkplatz fürs große Wohnmobil zu finden. Nachdem Charlotte drei Mal herumgekurvt war, fuhren wir zurück und über die Kreuzung. Hinter einer Tankstelle kam eine breite Straße mit Stellplätzen auf der rechten Straßenseite. Dort war genug Platz, um das Wohnmobil zu parken, allerdings mussten wir wieder ein Stück zurück zur Klinik laufen.

Wir überlegten, ob wir Benni mitnehmen sollten, aber falls wir uns entschieden, in die Klinik hineinzugehen, konnte der Hund nicht mit hinein. Also musste Benni im Wohnmobil zurückbleiben – wieder einmal. So allmählich bekam ich ein schlechtes Gewissen. Aber mit einem weiteren Kauknochen schien das Zurückbleiben in Ordnung zu sein.

Kaum waren wir auf der Höhe des ersten Parkplatzes, sahen wir die Mitarbeiterin aus Jennys Büro. Ich machte mich gleich bemerkbar und winkte ihr zu. Erst stutzte sie, dann schien sie sich an uns zu erinnern und kam auf uns zu. Gemeinsam liefen wir Richtung Klinik und ich sprach sie an, ob sie noch etwas herausgefunden hätte.

„Möglicherweise", sagte sie, „ich bin auf dem Weg zu Jenny, um sie zu fragen, ob ihr der Name Daniel Zimmermann etwas sagt ... zumindest sieht es so aus, als ob er wegen einer Freundin einen ziemlichen Brass auf sie und auf die Schönheitsbranche haben könnte ... aber so ganz klar ist mir der Zusammenhang noch nicht".

„Ach", sagte ich, „Sie sind auf dem Weg zu ihr? Haben Sie mit ihr gesprochen? Wie geht es ihr denn?"

„Sie ist schon noch ziemlich geknickt, aber die Ärzte sind zuversichtlich, dass die Verletzungen gut heilen", erzählte uns Sofia Kramer, „was ihr gut tut, sind die vielen Kommentare ihrer Fans und Follower, aber den ganzen Trubel mit den vielen Anfragen zu bewältigen, kostet gerade viel Energie, ich persönlich bin froh, wenn es bald wieder normaler wird – nun schauen Sie sich das an!" ergänzte sie entgeistert.

Wir standen vor dem Eingangsbereich der Klinik und da standen Dutzende von Menschen, vor allem Mädchen im Teenageralter und junge Frauen. Viele hielten Plakate in die Höhe, voller Herzchen und Liebesbekundungen an Beautiful Bella. Am Rand der Meute oder auch mittendrin standen Journalisten mit Kameras und Mikrofonen und interviewten Fans.

Sofia Kramer seufzte. „Tut mir leid, ich muss mich verabschieden und schauen, wie ich durch diesen Hexenkessel da rein komme".

„Wir hätten Jenny gern besucht und mit ihr gesprochen, aber hier ist es doch zu voll", sagte ich, „richten Sie ihr bitte schöne Grüße von uns aus!"

„Das mache ich gern. Ich bin mir sicher, dass Jenny sich auch noch für die Rettung bei Ihnen bedanken wird", erwiderte Sofia Kramer, bevor sie sich entfernte und an der Meute vorbeidrängelte.

Charlotte und ich liefen ein Stück zurück und beobachteten den Trubel aus der Entfernung. „Ach du je", sagte ich, „diese Bella fixiert sich zwar mehr auf den schönen Schein als auf das echte Sein, aber hat sie es deshalb verdient, zum gefundenen Fressen für die Presse zu werden?".

Charlotte erwiderte nur trocken, sie wäre sich nicht sicher, ob dieser Trubel für Jenny wirklich ungelegen käme, immerhin dürfte das mit den Fans und Followern ihren Marktwert nochmal gewaltig erhöhen. Ich seufzte. Vermutlich lag Charlotte mit dieser Einschätzung sogar richtig.

Ich wollte mich gerade umdrehen, als ich aus den Augenwinkeln den jungen Mann abseits der Meute stehen sah. Eigentlich fiel mir weniger der junge Mann ins Auge, als diese Schuhe, die er trug, mit einem grellgelbem Sohlenrand. Ich blinzelte, um vielleicht trotz Brille den Fokus oder die Sehkraft oder keine Ahnung was noch ein wenig zu verstärken. Tatsächlich! Die Schuhe ähnelten stark den Turnschuhen, deren Design ich beim Kommissar in der möglichen Auswahl hatte.

Möglichst unauffällig stupste ich Charlotte an, die sich gerade umdrehen wollte. „Psst!", wisperte ich leise, obwohl der junge Mann recht weit entfernt von uns stand. „Bitte ganz unauffällig bleiben. Drehe dich in Richtung der Meute, aber stell' dich dabei so hin, als ob du mit mir reden wolltest. Und dann schau' einmal an den Rand zum Rasen hin. Dort steht ein einzelner Mann. Siehst du ihn?".

Charlotte schauspielerte gekonnt und stand dann in der Blickrichtung, die ich ihr genannt hatte. „Ja", kam von ihr zurück.

„Und siehst du die Turnschuhe?", fragte ich.

„Ja, sehe ich", antwortete sie.

„Ich glaube, das könnten die Turnschuhe sein, die ich gestern Abend im Dämmerlicht gesehen habe."

„Du meinst, der Täter will sich anschauen, wie die Meute an Fans und Followern reagiert?".

„Oder wollte er vielleicht in die Klinik rein, um einen weiteren Überfall zu versuchen?".

„Meinst du, er wird uns erkennen?", wollte ich wissen.

„Das glaube ich nicht, es war doch schon recht dunkel, du hattest andere Kleidung an und mich dürfte er überhaupt nicht gesehen haben", meinte Charlotte.

„Ob wir den Kommissar anrufen sollten?".

„Keine Ahnung, aber was, wenn es der falsche Mann ist, wenn der Typ ganz unschuldig ist? Dann blamieren wir uns doch nur, so von wegen hysterische oder ängstliche Alte oder sowas. Nein, die Blöße will ich mir nicht geben", gab sie zur Antwort.

Wir waren noch munter am Herumrätseln und Spekulieren, als sich der Mann in Bewegung setzte. Uns blieb keine andere Wahl als möglichst unauffällig hinterherzulaufen.

„Wenn er zum Parkplatz ginge und in ein Auto stiege, könnten wir dem Kommissar das Kennzeichen durchgeben", meinte Charlotte. Aber den Gefallen tat uns der Mann nicht. Statt zum Parkplatz ging er weiter zur Straßenbahnhaltestelle.

„Was machen wir nun?", wisperte ich ärgerlich Richtung Charlotte.

„Erst einmal müssen wir uns weiterhin ganz unauffällig verhalten, damit der Typ keinen Verdacht schöpft", sprach Charlotte leise in meine Richtung, „zweitens brauchen wir ganz schnell einen Plan. Irgendjemand von uns muss ihm unauffällig folgen, die andere geht zum Auto. Komm' wir schauen mal auf den Streckenplan, wo die Straßenbahn hinfährt".

Wir gingen zum Aushang, laut Fahrplan sollte die nächste Bahn in drei Minuten eintreffen. Die Strecke führte aus Ludwigshafen raus, immer in Richtung Bad Dürkheim. Charlotte ging ein paar Meter weiter, um etwas mehr Abstand zu gewinnen.

„Was ist dir lieber?", fragte sie mich, „willst du lieber in die Straßenbahn einsteigen und dem Mann folgen? Dann fahre ich mit dem Wohnmobil auf der Straße parallel zur Strecke und wenn der Mann aussteigt, rufst du mich an. Du hast doch dein Handy einstecken, oder?". Ich nickte tapfer, aber der Gedanke, den Mann zu beschatten, behagte mir gar nicht. Was, wenn er es bemerkte und mich angriff?

„Wenn du dem Mann nicht folgen willst, dann müssten wir es umgekehrt machen. Dann folge ich ihm, aber dann müsstest du mit dem Wohnmobil aus Ludwigshafen raus fahren und die ganzen Stationen der Straßenbahn abklappern. Wäre dir das lieber?"

„Eigentlich fürchte ich mich vor beiden Möglichkeiten sehr", schauderte ich.

„Aber eine von beiden müssen wir wählen ... überlege schnell, ich hole am Automaten eine Fahrkarte, denn die Bahn dürfte bald da sein!", mahnte Charlotte.

Sie lag richtig. In der Entfernung konnte ich bereits die gläserne Front der Straßenbahn aufblitzen sehen, noch etwas undeutlich, aber die Bahn kam rasch näher.

Meine Güte, was sollte ich tun? Mich gruselte wirklich vor beiden Möglichkeiten. Ich traute mich nicht dem Mann zu folgen, aber das große Auto zu fahren, traute ich mich auch nicht so recht. Wenigstens würde das Auto mich nicht angreifen und wenn ich langsam fuhr, dürfte nicht mehr als ein Blechschaden passieren. Vielleicht war das doch die ungefährlichere Wahlmöglichkeit. Als Charlotte mit der Fahrkarte zurückkam, sagte ich, dass ich lieber mit dem Auto fahren würde. „Gut", sagte sie und drückte mir den Schlüssel in die Hand, „denk' dran, im Navigationsgerät einzustellen, dass du auf der Landstraße nach Bad Dürkheim fahren willst. Wenn ich anrufe und dir sage, wo der Mann ausgestiegen ist, kannst du mich schneller wieder aufgabeln", sagte sie mir, während die Straßenbahn am Bahnsteig einfuhr.

„Gut, so mache ich es, drück' mir bitte die Daumen, dass das alles gut geht," gab ich schicksalsergeben von mir, bevor Charlotte in den Waggon einstieg. Der junge Mann war am anderen Ende eingestiegen. So weit, wie Charlotte von ihm entfernt saß, würde er gewiss nicht vermuten, dass sie wegen ihm in die Straßenbahn eingestiegen war.

Elisabeth muss sich bewähren

Jetzt bleibt keine Zeit, um lange zu überlegen! Elisabeth muss jetzt eine wichtige Aufgabe über-

nehmen. Ob sie das trotz ihrer Ängstlichkeit
schafft? Wir werden es sehen ...

Während die Straßenbahn mit Charlotte wegfuhr, eilte ich nochmal zum Aushang, um mir noch einmal anzuschauen, welche Strecke die Bahn nehmen würde und wie lange ungefähr die Fahrtzeit zwischen den Stationen wäre. Ich hatte Angst, den Abstand zu groß werden zu lassen, also lief ich schnell über die Straße zum Wagen.

Als ich die Tür geöffnet hatte, kam natürlich zuerst Benni geflitzt, um mich zu begrüßen. Aber dieses Mal fiel meine Gegenbegrüßung sehr spärlich aus, ich bugsierte Benni flugs in den Fußraum des Beifahrersitzes und nahm auf dem Fahrersitz Platz.

Hilfe!, dachte ich, während ich den Fahrersitz auf meine Größe einstellte. Die Dimensionen des Wagens und die Perspektive kann ich bislang zwar vom Beifahrersitz, aber jetzt selbst dieses Gefährt steuern zu müssen, war schon erschreckend. Immerhin dachte ich noch daran, das Navi zu programmieren und die Freisprecheinrichtung des Handys zu aktivieren. Nichts wäre schlimmer als ein Anruf von

Charlotte und ich könnte ihn nicht entgegennehmen. Dann startete ich das Fahrzeug, bog bei nächster Gelegenheit links ab und wendete.

Was war ich froh, dass die Straße hier so breit und so gering befahren war. Zurück an der Kreuzung ging es rechts, Richtung Oggersheim. Und plötzlich wurde die Fahrspur ziemlich eng. Das Navi ließ mich links abbiegen, in eine Straße mit vielen geparkten und entgegenkommenden Autos, so dass ich ständig in eine Lücke fahren und den Gegenverkehr abwarten musste, bevor ich weiterfahren konnte. Dabei war ich ganz vorsichtig, um nicht aus Versehen mit dem Außenspiegel irgendwo hängenzubleiben!

Diese Engstellen waren für mich der Horror! Da ich sehr vorsichtig fuhr, wurden Autofahrer hinter mir ungeduldig und fingen an zu hupen, was mich noch nervöser machte, als ich es ohnehin schon war! Vielleicht hätte ich doch lieber in die Straßenbahn einsteigen und den Mann verfolgen sollen! Bald schon hatte ich das Gefühl, dass mir der Schweiß mal heiß, mal kalt den Rücken hinunterliefe. Es fühlte sich fast an wie ein zweites Mal die Wechseljahre zu durchleben. Grauenvoll!

Endlich hatte ich den Ortskern hinter mich gebracht, die Ortsstraße wurde wieder breiter. Schließlich bog ich auf eine Straße ab, die mich erst durch ein Gewerbegebiet und dann durchs freie Feld führte. GottseiDank!, seufzte ich. Und schaute auf das Handy. Bisher kein Anruf von Charlotte eingegangen. Also saß sie wohl noch in der Bahn.

Da kam ein Anruf rein, aber er war von Hedi und der Zeitpunkt war alles andere als passend. Daher nahm ich das Telefonat nur kurz an, um in die Freisprecheinrichtung hineinzurufen, dass wir jetzt nicht könnten und uns zurückmelden würden, dann legte ich sofort wieder auf.

Vermutlich dürfte Hedi gerade sehr verdutzt sein, denn ein solches Kurz-Angebundensein ist wirklich nicht unsere Art. Aber wir würden es ihr bei nächster Gelegenheit erklären und dann würde sie auch sicherlich verstehen, warum ich den Anruf jetzt nicht annehmen und mit ihr plaudern konnte.

Charlotte in Lauerstellung

Während Elisabeth das breite Wohnmobil über die Straßen steuert, sitzt Charlotte in der Straßenbahn und lauert, an welcher Haltestelle der junge Mann wohl aussteigen wird.

Als die Straßenbahn losfuhr, konnte Charlotte noch kurz sehen, dass Elisabeth am Aushang stand und sich vermutlich Strecken- oder Fahrplan anschaute. Das war klug von ihr. Charlotte war klar, dass Liese sich erst einmal völlig überfordert fühlen würde. Aber es würde ihr und ihrem Selbstvertrauen gut tun, wenn sie die Aufgabe bewältigte.

Die Straßenbahn kam zügig voran. Hoffentlich käme Elisabeth mit dem Auto zeitig hinterher. Einen richtigen Plan hatte Charlotte nicht, aber als Grundidee stand für sie im Raum, dass sie mit dem jungen Mann aussteigen und Elisabeth die Position durchgeben würde, damit diese möglichst schnell käme, um dann gemeinsam mit ihr zu schauen, wo der junge Mann hinginge.

Vielleicht könnten sie ihn bis zu seinem Zuhause verfolgen und auf diese Weise den Namen und die Adresse in Erfahrung bringen. Vielleicht wäre es möglich, ihn in ein Gespräch zu verwickeln, um mehr über ihn herauszufinden. Charlotte ging noch einmal das Gespräch mit Sofia Kramer vor der Klinik durch den Kopf. Vielleicht war der junge Mann hier in der Straßenbahn dieser Daniel Zimmermann, der diesem ganzen Schönheitswahn so ablehnend gegenüberstand. Was für eine Geschichte wohl dahintersteckte?

Charlotte beschloss, die Fahrtzeit zu nutzen, um mit ihrem Smartphone im Internet und auf Social-Media-Kanälen nach diesem Daniel Zimmermann zu stöbern. Aber das war kniffliger als gedacht. Zum einen gab es etliche Personen mit diesem Namen. Zum anderen kam sie mit dem kleinen Handy-Bildschirm nicht so gut zurecht. Der Monitor des Laptops war ja doch wesentlich übersichtlicher. Seufzend steckte sie das Handy wieder in die Jackentasche.

Der junge Mann saß immer noch auf seinem Platz und starrte in die Landschaft hinaus. Wo waren sie eigentlich? Charlotte zog das Handy wieder heraus, um sich über die Kartenfunktion die Position anzeigen zu lassen. Sie hatten Ruchheim und Maxdorf hinter sich gelassen und würden gleich in Fußgönheim halten.

Wo war eigentlich Elisabeth? Charlotte fiel eine Handy-Funktion ein, die der Sohn ihrer Nichte ihnen einmal gezeigt hatte, nämlich das Handy von befreundeten Personen orten zu können. Mist! Diese Funktion wäre jetzt hilfreich. Aber wer hätte damals bei dieser Handy-Erklär-und-Einführungsstunde daran gedacht, dass diese Funktion eines Tages wirklich gebraucht würde?

Der junge Mann blieb weiterhin auf seinem Sitzplatz. Also weiter zur nächsten Station. Das wäre dann Ellerstadt. Charlotte hoffte, dass Elisabeth mit dem Wohnmobil auf der Straße einigermaßen mit dem Tempo der Bahn mithalten konnte. Während die Bahn auf den Schienen ungehindert zum nächsten Dorf fuhr, hatte Elisabeth auf ihrer Strecke womöglich mit langsameren Traktoren oder Gegenverkehr zu kämpfen.

Jetzt bleibt nur die Flucht

Elisabeth schafft es, zu Charlotte und dem jungen Mann zu finden. Dieser schöpft jedoch Verdacht und macht sich auf die Flucht – verfolgt von Charlotte und Benni.

Endlich kam der Anruf von Charlotte. Sie sprach recht leise ins Telefon und gab mir nur eine kurze Info, dass die Straßenbahn die Haltestelle in Gönnheim passiert hatte und vor Friedelsheim sei und dass der junge Mann jetzt aufgestanden und zur Tür gelaufen wäre. Es sehe so aus, als ob er nun aussteigen wolle. Ob ich zum Bahnhof Friedelsheim kommen könnte.

Das Navi zeigte an, dass Benni und ich nach der Fahrt durch Ellerstadt jetzt auf der L526 Richtung Norden kurz vor dem Abzweig zur

L527 nach Westen waren. Von dort wären es nur wenige Minuten bis zum Bahnhof Friedelsheim.

Vermutlich würde der junge Mann etwas Vorsprung haben, aber mal schauen, dachte ich, wie die Situation vor Ort dann aussieht.

Es dauerte tatsächlich nicht lange, bis ich am Kreisel in Richtung Friedelsheim abbog und zwischen Bäumen einige Häuser sah. Dort musste der Bahnhof sein. Aber wo war Charlotte?

Ich rief sie an. Mit leiser Stimme erzählte sie mir, sie seien ausgestiegen und liefen nun in Richtung des Dorfes. Eine kleine Nebenstraße führe neben der Landstraße entlang und wie es aussehe, würde sich die Nebenstraße weiter vorne mit der Landstraße verbinden. Am besten wäre also, wenn ich dorthin fahre, wo die zwei Straßen zusammentreffen. Wenn ich dort halten könnte, wäre das günstig. Tatsächlich gelang es mir, das Wohnmobil rechts so auf den Seitenstreifen zu fahren, dass der Verkehr nicht behindert würde.

In der Entfernung sah ich mehrere Passanten entlang laufen, darunter auch den jungen Mann, der diese auffallenden Turnschuhe trug. Weiter hinten konnte ich Charlotte ausmachen. Sie hielt tatsächlich ein gutes Stück Abstand zu dem Verdächtigen.

Dann konnte ich sehen, wie der junge Mann zu stutzen schien. Und dann lief er nicht geradeaus weiter, sondern bog nach rechts auf einen Feldweg ab.

Nun blieb Charlotte nichts anderes übrig, als ihm auf diesem Abzweig zu folgen. Als der junge Mann das bemerkte, fing er an, immer schneller zu gehen. Aber Charlotte konnte trotz des Tempos gut mithalten.

Ich steckte mein Handy in die Hosentasche, stieg mit Benni an der Leine aus dem Wohnmobil und schloss die Tür ab. Ich versuchte, zu den beiden aufzuholen, aber ich merkte, dass ich nicht schnell genug wäre. Benni war ganz aufgeregt und zerrte an der Leine. Also ließ ich den Hund von der Leine und dieser stürzte los, direkt in Richtung Charlotte.

Dann verlor ich Benni zwischen den Weinreben aus den Augen.

Eine kurze Verfolgungsjagd

Charlotte verfolgt mit Benni den Verdächtigen – am Ende kommt es zu einem verhängnisvollen Sturz.

Charlotte war froh, dass Elisabeth mit dem Wohnmobil nicht allzu weit entfernt war. Sie war mit dem jungen Mann ausgestiegen und lief hinter ihm und hinter anderen Straßenbahnmitfahrern her. Der junge Mann schien keinen Verdacht zu schöpfen, jedenfalls hatte er sich nicht einmal zu ihr umgedreht. Stattdessen schien er tief in Gedanken versunken zu sein. Mit gesenktem Kopf und hängenden Schultern lief er die Nebenstraße entlang. Nur ab und zu schaute er hoch.

Charlotte sah links auf der Landstraße das Wohnmobil entlangfahren. Es wurde langsamer, fuhr rechts heran und hielt schließlich in einiger Entfernung. Plötzlich schien der junge Mann die Gefahr zu spüren. Er hob den Kopf, blieb abrupt stehen und entschied, rechts in einen Feldweg abzubiegen, der in die Reben hineinführte.

Als Charlotte die Abbiegung erreichte, bog auch sie ab. Aus den Augenwinkeln sah sie, dass Elisabeth aus dem Auto ausgestiegen war und mit Benni an der Leine in ihre Richtung kam. Der junge Mann bemerkte nun die Verfolgung und lief schneller.

Plötzlich kam Benni von hinten angelaufen, überholte sie und überholte auch den jungen Mann. Vorn angekommen machte der Hund eine Kehrtwendung, blieb vor dem jungen Mann stehen und knurrte ihn an. Charlotte kam immer näher, da ergriff der junge Mann die Flucht und spurtete zwischen den Reben hindurch, dicht verfolgt von dem bellenden Hund.

Charlotte blieb nichts übrig, als ebenfalls zwischen den Rebzeilen abzubiegen und zu rennen. Da sah sie den jungen Mann stolpern und stürzen. Er lag auf dem Boden und hielt sich schmerzverzerrt den Knöchel fest. Sein Rucksack war neben ihm auf den Boden gerutscht.

Charlotte war drauf und dran sich zu nähern, als sie plötzlich stutzte. Was, wenn eine Waffe im Rucksack wäre? „Mist!", dachte Charlotte, „kann ich mich nun nähern oder ist er gefährlich?". Glücklicherweise blieb Benni knurrend und bellend in der Nähe des Mannes. Das schien ihm Respekt einzuflößen.

Charlotte blieb stehen und griff nach ihrem Telefon. „Elisabeth?", sagte sie in aller Eile, „hörst du mich? Du brauchst uns nicht mehr zu Fuß zu verfolgen, der Mann ist gestürzt. Geh' am besten zurück zum Wagen und fahre bis hierher ... nein, du hast recht, es ist bestimmt nicht erlaubt, mit einem Auto hier entlang zu fahren, aber ich denke, das ist eine Ausnahmesituation, die das gerechtfertigen sollte ... ja, gut, dann bis gleich!". Und damit näherte sie sich noch ein Stück dem Mann, hielt sich aber in sicherem Abstand.

Die Quelle des Zorns

Nach dem Gespräch mit dem jungen Mann wird für Charlotte und Elisabeth auch endlich klar, wie es zu dem Überfall auf Jenny kam.

Als ich mit dem Wohnmobil bei Charlotte ankam, konnte ich sehen, wie Benni den jungen Mann in Schach hielt.

Charlotte rief mir zu, ich solle aus dem Werkzeugkasten die Kabelbinder holen und sicherheitshalber noch etwas, das als Waffe einsetzbar wäre. „Meinst du, ein Küchenmesser reicht?", fragte ich. Charlotte nickte. Ich brachte ihr beides sowie noch Bennis Leine und beobachtete, wie sie sich dem Mann näherte, der versuchte aufzustehen. Aber Benni bellte gleich so wütend und laut, dass der Mann wieder auf den Boden sackte.

Charlotte näherte sich dem Mann. Als erstes rief sie Benni zu sich, nahm den Hund an die Leine und befahl ein kurzes „Platz!". Der Hund legte sich hin, beobachtete den Mann weiterhin mit voller Aufmerksamkeit.

Als nächstes warf Charlotte dem Mann die Kabelbinder zu und sagte, er solle sich damit die Hände fesseln, wenn er nicht mitmache oder versuche zu fliehen, würde sie den Hund wieder loslassen. „Und wie soll ich dann überhaupt aufstehen?", gab er zornig zurück. „Wenn Sie gefesselt sind, helfen wir Ihnen dabei", erwiderte Charlotte.

Der junge Mann tat, wie ihm geheißen. Als er uns nicht mehr gefährlich werden konnte, ging Charlotte zu ihm, half ihm hoch und nahm auch den Rucksack mit. Er konnte tatsächlich nicht mehr richtig laufen; von Charlotte gestützt, humpelte er zu unserem Wohnmobil.

Ich hatte schnell die Klappstühle herausgeholt und am Rand des Weges aufgestellt. Charlotte half dem Mann, sich auf einen der Stühle zu setzen. Damit der verletzte Fuß etwas höher liegen konnte, stellten wir einen weiteren Stuhl hin. Hoffentlich wollte kein Traktor oder kein anderes Auto durch, nachdem wir jetzt den Feldweg komplett blockierten.

Charlotte stellte uns vor und fragte auch ganz direkt, ob er der Mann sei, der am vorigen Abend die junge Frau überfallen hatte. Der junge Mann nickte. „Ich heiße Daniel und ich war es", gab er zu. Charlotte gab einen lauten Seufzer von sich. „Gut, dann werde ich jetzt am besten gleich den Kommissar anrufen, damit er herkommt", sagte sie. Am Telefon schilderte sie, wo wir zu finden seien. Der Kommissar vergewisserte sich, dass die Situation unter Kontrolle war und sagte, er wäre gar nicht so weit entfernt und quasi bereits auf dem Weg zu uns.

Als nächstes schaute Charlotte in den Rucksack. Tatsächlich lag eine Waffe darin. „Ist die echt?", fragte Charlotte. „Nein", erwiderte der junge Mann, „das ist nur ein Airsoftpistole, die sieht zwar täuschend echt aus, aber da sind nur kleine Kunststoffkügelchen drin". Sicherheitshalber räumte Charlotte den Rucksack ein Stück beiseite.

„Kann ich Ihnen etwas zu trinken anbieten? Charlotte, was ist mir dir? Einen Kaffee oder ein Wasser?", fragte ich, als ich plötzlich spürte, wie trocken mein Hals war. Beide wollten etwas Frisches und so holte ich schnell ein paar Gläser von oben und die Wasserflasche aus dem Kühlschrank.

Als ich den Kühlpack sah, nahm ich diesen auch gleich noch mit nach draußen und reichte ihn dem jungen Mann. Dieser nahm ihn mit den aneinander gefesselten Händen entgegen, nickte dankbar und legte den Kühlpack dann um den verstauchten Knöchel.

„Bis der Kommissar kommt, wäre schön zu erfahren, was Sie eigentlich umgetrieben hat", sagte Charlotte, „was hatten Sie gestern mit der jungen Frau vor? Wollten Sie sie töten? Aber warum überhaupt? Was hat sie Ihnen getan?".

„Sie hat mir nichts getan!", rief der junge Mann zornig, „aber weniger schöne und weniger selbstsichere Mädchen bekommen durch Frauen wie sie das Gefühl vermittelt, im Vergleich zu ihnen nichts wert zu sein!".

„Gab es denn bei Ihnen einen solchen Fall?", fragte ich zaghaft.

„Es ist alles wegen Nicola!", schrie er laut, dann sackte er in sich zusammen und fing an zu schluchzen. Ich holte aus dem Wohnmobil eine Packung Taschentücher. Und dann erzählte er seine Geschichte. Wie er Nicola schon geliebt hatte, als sie noch Kinder waren. Wie er sie geliebt hatte, als sie größer wurden. Wie sie ein Liebespaar wurden und wie sie nach der Schule, nachdem beide eine Lehre angefangen hatten, mit ihm zusammengezogen war. Wie glücklich er war. Aber Nikki war nie wirklich glücklich geworden, weil sie immer dachte, sie sei nicht schön genug, um so unendlich geliebt zu werden.

„Ich hatte ihr wie oft meine Liebe zu ihr beteuert und ihr wie oft gesagt, wie schön ich sie finde, aber es hat nichts geholfen, sie hat sich fühf Minuten daran festgehalten, dann gingen die Selbstzweifel wieder los," klagte er.

„Ist denn in ihrer Kindheit etwas gewesen, das diese starken Selbstzweifel ausgelöst hat?", wollte ich wissen.

„Ich weiß es nicht. Ihre Eltern scheinen für mich ganz normale und liebevolle Eltern zu sein und sie haben ja auch nicht verstanden, warum ihre Tochter sich so seltsam entwickelt hat", erzählte er, „wir haben auch alle behutsam versucht, sie zu einer Psychotherapie zu überreden, aber sie sperrte sich dagegen".

„Und was ist dann passiert?", fragte Charlotte.

„Letztes Jahr hat sie angefangen, im Internet immer wieder auf die Kanäle dieser Beautiful Bella zu gehen", berichtete der junge Mann, „sie hat sich an allen Schmink- und sonstigen Schönheitstipps versucht, hat viel Geld für Klamotten und Kosmetik rausgehauen, aber glücklicher ist sie damit nicht geworden ... im Gegenteil, ich hatte das Gefühl, das zieht sie so richtig runter, sie wurde immer stiller und immer depressiver, aber ich und ihre Familie konnten nichts dagegen ausrichten ... und dann bin ich eines Tages nach Hause gekommen ... und da lag sie in der Wanne ... und alles war rot ... und seitdem ...".

Der junge Mann drückte das nächste Taschentuch auf seine Augen und war erst einmal still. Er tat mir in seinem Schmerz so leid, ich legte meine Hand auf seinen Unterarm. Am liebsten hätte ich ihn in den Arm genommen und gehalten, aber das schien mir dann doch nicht angemessen.

„Wissen Sie, manchmal fahre ich tief bis in den Pfälzerwald hinein und schreie laut, ich schreie ihren Namen, ich schreie meine Wut hinaus. Ich kann noch immer nicht verstehen, dass sie nicht mehr da ist, dass sie nie mehr da sein wird. Und dieses Biest ist schuld daran!", wisperte er voller Wut.

„Haben Sie diese Frau deshalb überfallen? Wo wollten Sie überhaupt hin mit ihr?", fragte Charlotte.

„Meine Eltern haben ein Wochenendhaus im Pfälzerwald , das liegt recht abgelegen. Eigentlich wollte ich sie nur dort hinbringen, um mit ihr zu reden, um ihr die Folgen ihrer Fixierung auf diese oberflächliche Schönheit zu zeigen. Ich bin sicher, da draußen gibt es tausende junger Mädchen, die sich in ihrem Selbstwertgefühl weniger wert fühlen, einfach weil sie sich als weniger schön empfinden. Das ist so falsch, das kann so schlimme Folgen haben, ich wollte eigentlich nur etwas dagegen tun", sagte er still.

„Und was ist dann passiert?", fragte Charlotte leise.

„Das Biest hat mich überlistet. Erstens war ein Stau auf der Autobahn, ich bin daher über die Landstraße gefahren und hatte mich in meiner Nervosität verfranzt. Und zweitens sagte sie plötzlich, ihr sei schlecht und sie müsse sich gleich erbrechen, ich solle bitte schnell irgendwo anhalten. Also bin ich an diesem Parkplatz rausgefahren. Das Biest war so überzeugend, sie gab schon erste Würgegeräusche von sich und ich bin voll darauf reingefallen", erzählte er mit unterdrückter Wut.

„Kaum hatte ich jedoch die Beifahrertür geöffnet, um ihr herauszuhelfen, rempelt sie mich um, tritt nochmal nach und rennt dann humpelnd davon – als ich sie dann eingeholt hatte, hat mich die Wut gepackt und ich habe sie aus diesem Grund mit dem Messer verletzt".

„Also wollten Sie die Frau gar nicht töten?", fragte Charlotte. In der Entfernung konnte ich schwach ein Martinshorn hören, das näher kam.

„Nein, es war wirklich nicht meine Absicht sie zu töten, es ging mir nie um ihren Tod, es ging nur um diesen Wahn des Schönseins. Irgendwo hatte ich mal gelesen, dass ein Opfer, das erstickt worden war, blau angelaufen und ganz hässlich war. Darum ging es mir in diesem Moment: ihr dieses Überlegenheitsgefühl des Schönseins zu nehmen, diesem widerlichen Schönheitskult ein Ende zu setzen".

Das Martinshorn war jetzt deutlich lauter geworden, es würde nicht mehr lange dauern, bis der Kommissar eintreffen würde.

Der junge Mann schwieg einen Moment und wiederholte dann: „Nein, wenn ich drüber nachdenke, dann wollte ich ihr wirklich nicht das Leben nehmen, sondern nur diese dämliche Schönheit! Dieser Schönheitswahn – das war es, was Nicola in den Tod gebracht hat".

Der Fall ist (fast) aufgeklärt

Als der Kommissar kommt, ist eigentlich schon alles geklärt. Für ihn bleibt dennoch genug zu tun. Schließlich braucht es noch ein Verhör und Protokolle und am Ende ist auch noch die Staatsanwaltschaft zu informieren.

Mit Blaulicht auf dem Zivilfahrzeug, jedoch ohne Martinshorn traf Sven Staiger auf dem Feldweg ein, gefolgt von einem Streifenwagen. Sollte der Fall tatsächlich geklärt sein? Auf der einen Seite würde es ihn freuen, es lagen ja noch genug andere Fälle auf seinem Schreibtisch, um die er sich kümmern musste. Auf der anderen Seite würde es ihn aber doch stark fuchsen, falls ausgerechnet die beiden Rentnerinnen in diesem Rennen die Nase vorn gehabt haben sollten.

„Ah, Herr Kommissar, gut dass Sie da sind", begrüßte ihn die größere, schlankere Frau. Die andere Frau saß auf einem Klappstuhl am Rand des Feldwegs. Ihr gegenüber saß ein jüngerer

Mann mit gesenktem Kopf und einem erhöht gelagerten Knöchel, der mit einem Kühlpack bedeckt war. Der Turnschuh unterhalb des Kühlpacks war deutlich zu sehen, er entsprach ungefähr der Beschreibung, die er erst vor wenigen Stunden von Elisabeth Frey erhalten hatte.

„Frau Schönburg, ich hätte nicht gedacht, dass ich Sie und Frau Frey so schnell wiedersehe", gab der Kommissar eher mürrisch von sich, „zumal ich Sie doch gewarnt hatte, sich unnötig in Gefahr zu begeben!".

„Ach, die Gefahr war gar nicht soo schlimm", freute sich die kleinere Frau, „Benni war ein toller Beschützer", ergänzte sie und kraulte den Hund an Hals und Brust.

„Als sich die Gelegenheit bot, wollten wir sie auf keinen Fall versäumen", ergänzte die größere Schwester.

Und dann bekam der Kommissar einen kurzen Abriss über die Ereignisse seit dem Zusammentreffen mit Sofia Kramer vor der Klinik.

„So wie es aussieht, haben Sie in dem Fall tatsächlich einen Erfolg erzielt. Sie werden jedoch verstehen, dass ich mich abschließend erst äußern werde, nachdem ich den jungen Mann verhört habe – und denken Sie daran, dass ich auch von Ihnen beiden ein weiteres Protokoll brauche. Ich weiß, es ist fast Abend, aber wenn Sie ab morgen Ihren Urlaub genießen wollen, wäre es günstig, wenn Sie jetzt nochmals zum Präsidium fahren und dort Ihre Aussage machen", sagte Sven Staiger.

Den beiden Streifenpolizisten bedeutete er, den jungen Mann wegzubringen. Die Kabelbinder an den Händen wurden entfernt und durch ordnungsgemäße Handschellen ersetzt. Auf die Frage, ob er wegen des Knöchels dringend einen Arzt bräuchte, kam die Antwort, das ginge schon.

Dann humpelte der junge Mann unterstützt durch einen Polizisten zum Fahrzeug und stieg ein. Durchs Fenster schaute er noch einmal zu Charlotte und Elisabeth, nickte ihnen zu, dann senkte er den Kopf und schaute auch nicht mehr hinaus. Charlotte fiel gerade noch rechtzeitig ein, dem Kommissar den Rucksack zu übergeben, dann stieg auch er ins Auto, um zurück nach Ludwigshafen zu fahren.

„Und was machen wir?", fragte Charlotte ihre Schwester, „sollen wir das mit dem Protokoll gleich erledigen? Dann haben wir endlich unsere Ruhe".

„Gute Idee! Je schneller wir das hinter uns bringen, desto besser", kam als Antwort.

Und so räumten die beiden Schwestern alles zurück ins Wohnmobil und stiegen ein – wobei Elisabeth direkt auf der Beifahrerseite einstieg.

„Was ist", fragte Charlotte, „magst du nicht selbst fahren? Deine Premiere als Fahrerin war doch erstklassig, oder nicht?"

„Ja, schon", gab Elisabeth zurück, „aber schau' mal, wie eng hier der Feldweg ist! Wir müssen das Fahrzeug erst wenden, bevor es zurück auf die Straße geht – und das wäre mir im Moment dann doch ein bisschen viel Aufregung auf einmal".

Alles in schönster Ordnung?

Die Formalitäten bei der Polizei werden noch am gleichen Abend erledigt, und dann geht es zum Übernachten zurück auf den Winzerhof. Dort wartet am Ende des Tages eine kleine Überraschung auf Elisabeth und Charlotte.

Auf der Fahrt zurück nach Ludwigshafen telefonierte ich gleich mit den Kindern. Sowohl Simon und Susanne als auch Claudia waren froh, dass der Fall nun erledigt war. Aber vor allem Simon konnte es nicht lassen, uns für unseren „jugendlichen Leichtsinn" zu kritisieren. Naja, wenigstens brachte er die Kritik in einem vernünftigen Ton vor, so dass wir wiederum ihm beipflichten mussten und damit war er dann auch wieder zufrieden.

Als wir aufgelegt hatten, kicherte Charlotte plötzlich wie ein Backfisch los. „Was ist denn?", fragte ich. „Ach, mir ist nur so ein albernes Wortspiel in den Sinn gekommen", gab sie zur

Antwort, „du kennst doch bestimmt den Spruch aus der Bibel ‚an ihren Taten sollt ihr sie erkennen‘, oder?". Ich nickte. „Und was kommt mir in den Sinn? An ihren Turnschuhen sollt ihr sie erkennen!". Prompt prustete sie wieder los und auch ich musste herzhaft lachen.

In dieser aufgelösten und aufgekratzten Stimmung gingen wir ins Polizeipräsidium und durchstanden nochmals das Prozedere mit dem Protokoll. Danach waren wir für diesen Tag aber endgültig erledigt. Als wir wieder im Auto saßen, fragte Charlotte, ob ich auch der Meinung wäre, wir sollten jetzt schnurstracks zu unserem Winzerhof fahren, den Wagen ordnungsgemäß abstellen und ganz schnell schlafen gehen. Ich nickte müde, von mir käme heute gewiss kein Widerspruch mehr.

Auf der Rückfahrt konnten wir auch endlich mit Hedi telefonieren und informierten sie kurz und in groben Zügen über die Ereignisse der letzten Stunden. Sie kam aus dem Staunen nicht heraus und wollte uns noch Löcher in den Bauch fragen. Aber wir waren viel zu müde und vereinbarten, am nächsten Morgen endlich ein wenig ausführlicher miteinander zu telefonieren.

Und dann waren wir auch schon angekommen, Charlotte hatte das Wohnmobil wieder perfekt geparkt und das Stromkabel angehängt. Nur ich beging den Fehler, den Kanal von Beautiful Bella nochmal auf dem Tablet aufzurufen. Ich rief nach Charlotte, damit sie sich das auch anschaute. „Das gibt es doch nicht!", empörte sich Charlotte und drückte auf die Wiederholung:

„Ihr Lieben da draußen, macht Euch keine Sorgen mehr wegen meiner Schönheit! Ich bin bereits in Kontakt mit der Schönheitsklinik Beauty Goddess in der Schweiz, wo alle Schönen dieser Welt verkehren. Die Schönheitsspezialisten der Beauty Goddess werden sich meiner annehmen. Anhand der medizinischen Berichte und Bilder sind sie absolut zuversichtlich, dass nach der Behandlung keine Spuren des Attentats mehr sichtbar sein werden. Meine Schönheit wird wieder vollkommen wiederhergestellt! Natürlich werde ich Euch in den nächsten Tagen noch genauer berichten, was die Experten bei Beauty Goddess alles leisten können. Und bald bin ich wieder für Euch vor der Kamera. In Liebe, Eure Jenny!"

„Na, also weißt du, das ist ja ein starkes Stück! So ein Biest! Diese Jenny schreckt ja vor nichts zurück, wenn es um ihre Selbstvermarktung geht! Wieso hat die so viele Fans und Follower? Ich versteh' das nicht ...“

„Lies' mal ein paar der Kommentare darunter, du wirst staunen“, sagte Charlotte süffisant, „vielleicht wird's den Leuten da draußen doch langsam zu blöd ... würde ich mir jedenfalls wünschen ...“. Und damit schnappte sie sich ihre Kulturtasche und verschwand im Mini-Bad, um sich bettgehfertig zu machen.

Endlich Urlaub!

Endlich! Der erste richtige Urlaubstag kann beginnen. Und gleich nach dem Frühstück kommen viele Ideen für die weiteren Tage.

Das Aufwachen am nächsten Morgen war richtig entspannend. Heute würde ein ruhiger Tag werden. Ganz bestimmt. Wir hatten recht lang geschlafen, also ging ich als Erstes mit Benni raus ins Feld. Es war ein herrlicher Morgen, die Sonne stand schon über den Weinbergen, der Blick über die Rheinebene hinüber zum Odenwald war wunderschön.

Als ich mit Benni zum Wohnmobil zurückkehrte, hatte Charlotte bereits Kaffee gekocht und die Sitzgruppe draußen aufgebaut. Benni bekam Trockenfutter und frisches Wasser und wir setzen uns mit unseren Kaffeetassen auf die Klappstühle draußen.

„Wenn du überlegst, wie der gestrige Tag angefangen hat und was bis zum Abend alles passiert ist ... das ist doch absolut verrückt!", sagte ich, „und weißt du, was mir aufgefallen ist? Ich habe den ganzen Tag lang überhaupt nicht an Georg gedacht, ich habe den ganzen Tag nicht diese schreckliche Trauer verspürt. Erst als wir mit dem jungen Mann zusammensaßen und ich seine Trauer und Verzweiflung erlebt habe, ist mir in den Sinn gekommen, dass ich letztes Jahr auch diesen großen Verlust erlitten habe. Nur mit dem Unterschied, dass ich mit Georg ein erfülltes Leben genießen konnte, während es diesem Daniel nicht vergönnt war, mit seiner Liebsten alt zu werden."

„Ja, es relativiert sicherlich das eigene Unglück, wenn man Menschen begegnet, die Schlimmeres erlebt haben", erwiderte Charlotte. „Erinnerst du dich daran, als ich dich vor ein paar Wochen besucht habe und wir über diese Phasen der Trauer gesprochen haben? Ich habe gestern gedacht, der junge Mann ist noch ganz stark in der Wut gefangen und ich würde ihm wirklich wünschen, dass er sowohl die Phase der Wut als auch die Phase der Depression gut hinter sich bringt. Es ist nicht gut, so lange zum Gefangenen der eigenen Gefühle zu werden".

„Du hast recht und ich bin froh, dass ich auf dieser noch sehr kurzen Reise mit dir schon ganz neue Erfahrungen gemacht habe. Dieser Luftwechsel hat mir bereits richtig gutgetan! Danke dafür!", sagte ich und stand von meinem Klappstuhl auf, um Charlotte ganz fest zu drücken.

Charlotte schien fast verlegen zu werden. „Ach was", sagte sie, „das war mir doch selbst eine große Freude!". Das Klingeln des Telefons holte Charlotte aus ihrer Verlegenheit. Hedi war wieder dran. Und wollte noch einmal ganz genau wissen, was wir gestern alles erlebt hatten.

Am Ende ging es um die Frage, was wir jetzt machen wollten. Hedi wollte uns unbedingt sehen, wir sollten doch als Erstes zu ihr nach Kirchheimbolanden kommen.

„Gibt es denn dort außer deinem Zuhause noch etwas zu entdecken?", fragte Charlotte neugierig.

„Ja klar!", tönte Hedis Stimme aus dem Lautsprecher des Telefons, „Kirchheimbolanden hat sich in den letzten Jahren ganz schön entwickelt und präsentiert sich inzwischen mit seinen mittelalterlichen Stadtmauern und den Bauten aus der Barockzeit unter dem Beinamen ‚die kleine Residenz'. Schlossgarten und Stadt-museum sind einen Besuch wert, außerdem gibt es nette Modegeschäfte und Restaurants, zwei tolle Eiscafés, einen fantastischen Konditor, falls jemand Lust auf einen Krimi hat, so haben wir auch zwei schöne Buchhandlungen. Für abends haben wir hier ein über die Regionalgrenzen hinaus bekanntes Pub und seit einiger Zeit auch eine kleine Galerie, die inzwischen Interessenten aus dem ganzen süddeutschen Raum anlockt ...

sogar aus Hamburg waren schon Leute da, um die großformatigen Bilder zu betrachten".

„Na, du machst ja ganz schön Werbung für deine Stadt", frotzelte Charlotte.

„Na und? Die Stadt hat es ja auch verdient. Und im übrigen werbe ich nicht nur für Kirchheimbolanden! Auch das nahe gelegene Alzey hat eine ganz wunderhübsche Innenstadt, allein der Rossmarkt mit dem Bronzepferd ist einen Besuch wert. Dorthin könnten wir auch einen Ausflug einplanen. Oder wir besuchen Dannenfels mit dem jahrhundertealten Kastanienbaum und den Donnersberg, dort ist es auch ganz wunderbar", lockte Hedi, „jedenfalls kann ich euch genug Programm für mehrere Tage bieten!".

„Also gut", willigte Charlotte ein, „wir frühstücken noch zu Ende, dann brechen wir hier die Zelte ab und fahren zu dir ... liege ich richtig in der Annahme, dass wir am besten durchs Zellertal fahren?".

„Ja, das wäre von euch aus der kürzeste Weg. Und wenn ihr eine ganz besondere Aussicht genießen wollt, dann fahrt nicht auf der B47 durchs Tal hindurch, sondern biegt vor Wachenheim nach Mölsheim ab. Dort an der Weinrast könnt ihr eine kurze Pause einlegen und dann über Zell und Einselthum wieder zur B47 fahren ... das ist wirklich die schönere Strecke!".

„Ist die Strecke auch für ältere Frauen mit einem Wohnmobil zu schaffen?", wollte ich wissen.

Charlotte zwinkerte mir zu und lächelte breit. „Finde ich prima, dass du fragst! Nach deiner gestrigen Premiere als Fahrerin wäre es gut, wenn du auch heute ein Stück fährst!".

„Also eigentlich hatte ich gar nicht wegen mir gefragt, die Frage war, ob die Strecke generell schwierig wäre", erklärte ich Charlotte, die mich herausfordernd anschaute.

Für einen kurzen Moment lang war ich unsicher, aber dann nahm ich meinen Mut zusammen. In Ordnung! Ich würde mich trauen, das große Auto nochmals zu fahren! „Dann also auf!", rief ich wagemutig, „auf geht's nach Kirchheimbolanden! Und später nach Dannenfels und zum Donnersberg! Aber die Bergstrecken übernimmst du!".

„Weißt du was?", lachte Charlotte mich an, „zusammen schaffen wir alle Strecken! Also dann auf! Los geht's".

Liste der wichtigsten Personen

Haben Sie zwischendurch den Überblick verloren, wer in diesem Krimi welche Rolle gespielt hat?

Hier finden Sie noch eine Liste der wichtigsten Personen – und zwar anhand der Vornamen in alphabetischer Reihenfolge:

Benni: Elisabeths treuer und pflegeleichter Vierbeiner, zwar keine richtige Person, aber trotzdem eine starke Persönlichkeit, die im Geschehen eine wichtige Rolle spielt

Charlotte Schönburg: die ältere Zwillingsschwester, die mit ihrer jüngeren Schwester im Wohnmobil auf Tour geht

Claudia Schönburg: Charlottes Tochter, arbeitet als IT-Expertin und kann für ihre Mutter und ihre Tante Elisabeth gründlich recherchieren

Daniel Zimmermann: wird anfangs nur als der junge Mann bezeichnet, weil noch niemand seinen Namen kennt

Elisabeth Frey: die jüngere Zwillingsschwester, erst kürzlich verwitwet, die sich von ihrer Schwester zu einer gemeinsamen Tour überreden lässt

Hedi: Charlottes und Elisabeths Kusine, die in Kirchheimbolanden lebt

Jenny Schäfer alias Beautiful Bella: die schöne und sehr ehrgeizige Influencerin, die am Anfang überfallen wird

Simon Frey: Elisabeths Sohn, arbeitet selbständig als Privatdetektiv, kennt sich mit Verbrechen aus und macht sich entsprechend Sorgen um seine Mutter

Sofia Kramer: ist eigentlich Studentin, arbeitet jedoch nebenbei als Jenny Schäfers Assistentin bzw. Social-Media-Beauftragte

Susanna Schlüter, geb. Frey: Elisabeths Tochter und Mutter der Enkelkinder Moritz und Miriam

Sven Staiger: der Kommissar, der zu viele Fälle gleichzeitig auf dem Tisch hat

Ugren Pashku: aktuell Jenny Schäfers Freund, allerdings nicht immer ganz treu